GOBOOKS
& SITAK
GROUP©

GOBOOKS & SITAK GROUP©

三日月書版

三日月書版

探問禁止
主唱大人★祕密兼差中
HAWAII
輕世代
FW253
三日月書版
尉遲小律 著
ひのた 繪
2

探問禁止
主唱大人★祕密兼差中
Are you ready for the party?
HAWAII

Contents

ARE YOU READY FOR THE PARTY

CHARACTER Profile

冰山度：★★★★★／歐陽子奇

穆丞海的青梅竹馬兼搭檔，優雅腹黑貴公子一枚，專長是作曲＆欺負搭檔，體質容易鬼上身。

基本資料

身高：１８１公分　　體重：６４公分斤

生日：９／２０　　血型：Ａ型

喜歡的東西：音樂創作

討厭的東西：被打擾

♪座右銘

既然要做，就要傾盡全力做到最完美。

每一個欺負海的機會，
我都不想放過。

ARE YOU READY FOR THE PARTY?

CHARACTER Profile

穆丞海／熱血度：★★★★★

俊美風流的天然呆，唱功一百、演技零分的人氣偶像。卡到陰與拍電影的初體驗一同發生。

基本資料

身高：１７５公分　　體重：６０公斤

生日：４／１５　　血型：O型

喜歡的東西：戶外活動、小朋友

討厭的東西：睡不飽、肚子餓

♪座右銘

認真思考什麼的實在是太麻煩了！人生不過短短幾十年，問心無愧，快樂生活最重要。

但是欺負我可以，
絕、對、不、能說子奇的壞話唷！

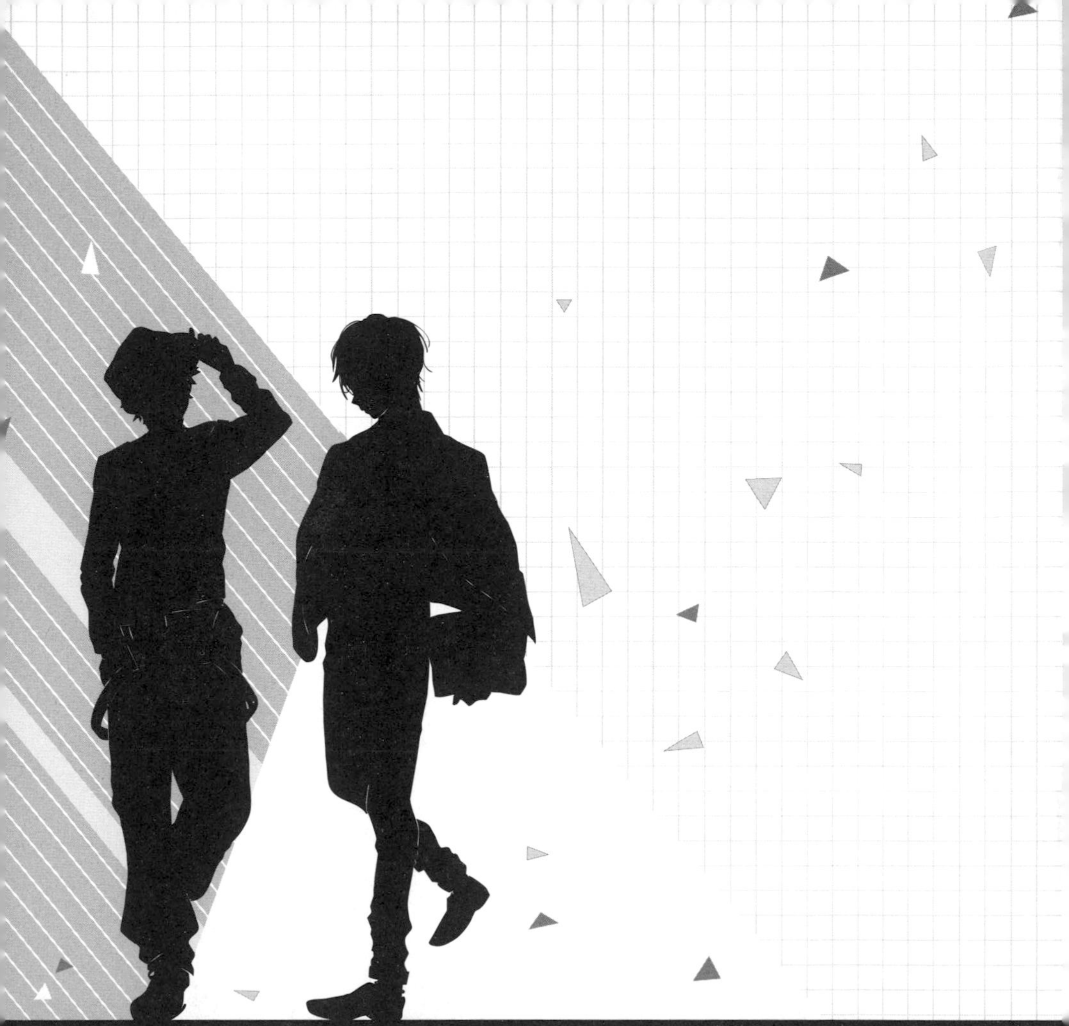

Chapter 0

災難，就從一個誤會開始！

接連好幾日暴雨和大雪，總算在今天放晴，國際機場裡來來往往的旅客比平時暴增十倍之多，使得原本寬敞的航廈變得擁擠，間接影響了起降航班，機場內廣播聲不斷，提醒旅客注意登機時間，而櫃檯前臨時購買機票的隊伍大排長龍。

雖然急著買機票，仍有不少人時不時地瞥向坐在角落位置、外貌與身材都十分搶眼出眾的男子身上。

「我搭今天的飛機回去。」

慵懶地靠著椅背，歐陽子奇交疊起修長的雙腿，一派悠閒，與機場裡的忙碌景象呈現強烈對比。他拿著手機微微側頭，將自己要回去的消息傳給遠在幾千公里外的伙伴。

「喔耶~真是天大的好消息啊!我好想你喔!你不在家的這段時間，人家好寂寞，晚上都睡不著，只能默默數著你回來的日子還剩幾天……」

手機那頭的穆丞海，先是誇張地歡呼一聲，隨即嗲起聲音模仿酒店小姐招呼客人的語氣，和歐陽子奇開起玩笑，興奮心情表露無遺。

「想死嗎?」歐陽子奇輕嘖一聲，嘴裡雖咒罵著，心情倒是一掃陰霾，受到穆丞海的情緒感染，跟著輕鬆起來。「我不在的這段時間，你有好好練歌嗎？」

「放心啦！就算我不想認真練，阿德也會押著我去練習室。嘖嘖，他對工作的龜毛程度完全得到你的真傳，拜他所賜，這次專輯的新歌每一首我都能倒著唱了！」

乘著MAX在「銀翼金曲獎」獲得十三座獎項的氣勢，第二張專輯剛進入錄製階段，歐陽子奇就被找去國外支援了，一待就快兩個月，結果支援的工作甚至變成由他主導，讓他想提早抽身都不行。

延誤到專輯的錄製時程，歐陽子奇自然相當不悅，這段時間，留在國內的穆丞海沒事可做，只能跟著錄音師阿德一起練歌。

「這是在抱怨阿德，還是在暗罵我龜毛？」微微上揚的語氣，有著警告意味，馬上讓穆丞海意識到自己說錯話。

「哈哈……嘿嘿……喔，對了，小楊哥說，這次的新歌何董聽了非常滿意，打算撥更多經費在專輯宣傳上唷！詳細情形小楊哥會再告訴你。」

穆丞海趕緊轉移話題，並把MAX的經紀人楊祺詳搬出來當擋箭牌。

「嗯，我知道了。」儘管嘴角已經噙著笑意，歐陽子奇還是故意沉著聲道，「至於你說我壞話的這筆帳，等我回去後，再、慢、慢、跟、你、算……」

恫嚇的話語讓穆丞海嚇出一身冷汗，連忙又補了好幾句歌功頌德的讚美，到最後簡直把歐陽子奇形容成拯救世界的英雄一樣了。

明知是為了討饒才說的話，在歐陽子奇聽來，卻格外地紓壓，他甚至還多開了幾句玩笑。

又聊了一陣子後，兩人在笑鬧中結束通話，歐陽子奇順手將手機關機。

離登機還有一小段時間，歐陽子奇拿出PSV，戴起耳機，將周遭欣賞與讚嘆的低語隔絕於外，沉浸於自己的世界裡。

「嗨，子奇！」

一雙線條完美、踏著十五公分黑色細跟馬靴的長腿，晃入歐陽子奇的視線範圍內。他暫停遊戲抬頭，一名金髮女子正笑著站在他面前。

與馬靴相配的黑色緊身套裝，將她玲瓏有致的身材襯托得更加惹火，臉上雖然戴著墨鏡，卻掩不去性感美豔的容貌。

茱麗亞．艾妮絲頓，享譽國際的中西混血女星，出眾的外貌與演技實力是造就她成功的重要因素。身為全球最大電影公司總裁的千金，更讓她的演藝事業一帆風順，比起才出道一年多、知名度僅限於國內的歐陽子奇，茱麗亞．艾妮絲頓的出現已經讓機場民眾躁動起來。

要不是好幾名保鏢正神情惡狠地圍在她四周，恐怕群眾早已一擁而上。

相較於周圍的混亂，茱麗亞．艾妮絲頓悠閒地站在歐陽子奇面前。剛與穆丞海合拍完電影《豔陽》，又跑了幾個宣傳活動，茱麗亞．艾妮絲頓直到今日才回到自己的國家。

此時此刻，她的心裡正為了能在機場和歐陽子奇巧遇感到驚喜。

和茱麗亞稱不上熟識，歐陽子奇摘下耳機站起身，僅是淡淡回應一個友善的笑容，伸出手與她禮貌握手。

「準備回國了？」

「嗯。」歐陽子奇點頭，順勢瞄了眼手表。

已近登機時間，他將PSV收入背包裡，並不打算在此與她閒聊太久，就怕引起群眾興致，轉而包圍他，延誤到登機時間。

「子奇，有空你一定要看看《豔陽》，小海的表現實在太精彩了！」提到穆丞海，茱麗亞．艾妮絲頓整個人眉飛色舞起來。

當初她在MAX的MV中第一次看到穆丞海時，就被他的特質深深吸引，以她多年來在電影圈培養出的敏銳，她非常看好小海的潛力，甚至不惜動用權力也要推薦毫無演戲經驗的他擔任男主角。

事實證明，他的表現沒讓她失望，更是奪下電影「金鶴獎」的「最佳新人」來證明她的眼光沒錯，此刻正在全球上映的《豔陽》，票房大破紀錄。

「我會的。」

穆丞海的能耐他比誰都瞭解，早在茱麗亞將穆丞海拉進電影界前，他就看出海擁有獨特的魅力，天生就適合站在舞臺上，只是欠缺培養與磨練。

「其實，當初看到MAX的MV，我覺得你和小海同樣吸睛，只是小海比較符合《豔陽》男主角的角色特質，才會挑他演出。」茱麗亞擔心穆丞海和歐陽子奇會產生比較心理，於是趁機向歐陽子奇解釋，「只要有合適的劇本，我也很期待能跟你合作！」

聞言，歐陽子奇不甚介意地擺擺手，「關於只有海演出這點，艾妮絲頓小姐倒是不用擔心我會有什麼負面想法，我只想專心做好音樂，演出電影不在我的計畫中。要是之後有合適的劇本，艾妮絲頓小姐倒是可以考慮再找海演出。」

從話語中可以聽出歐陽子奇的真誠，茱麗亞才放下心來。

「登機時間到了，有機會我再和海一起邀請艾妮絲頓小姐吃頓飯吧！」

「和海一起？真的嗎？呵呵，我很期待唷！你也別叫得這麼生疏了，直接叫我茱麗亞吧。」

一聽到可以和穆丞海吃飯，茱麗亞嬌笑起來，毫不掩飾自己對他的好感。激動之餘一個踉蹌，她頓失重心往前撲倒，眼見就要摔個狼狽，幸好歐陽子奇眼明手快，及時扶住她。

「謝謝……」

茱麗亞．艾妮絲頓心有餘悸地道謝，站穩後，趕緊伸手整理服裝，短短幾秒鐘內就回到原本的從容。

喀嚓——

角落裡，一名狗仔清楚拍下歐陽子奇與茱麗亞・艾妮絲頓身體接觸的瞬間，興高采烈地將照片傳回公司。

「哈！我要升職了，這絕對能夠成為獨家新聞！」

災難，就從一個誤會開始！

Chapter I

寧可撞鬼，也不要得罪女人

「不說話是什麼意思？身為你的未婚妻，你不覺得欠我一個解釋嗎？」

厚重典雅的大門被用力推開，撞擊在牆上發出巨響，穆丞海聞聲連忙走出房間查看，就見歐陽子奇鐵青著臉走進來，後頭跟著同樣臉色難看、顯然氣炸的夏芙蓉。

「我爸在問，我媽在問，所有朋友、記者媒體都在問就算了。」夏芙蓉忍不住咆哮，「為什麼連你爸也在問我——！」

聯絡不上歐陽子奇的這段時間，詢問的聲浪全對著她，天知道她也是看見報導才得知的，全部人卻一副她一定知道什麼內幕的模樣，對她疲勞轟炸。

「這種狗仔杜撰的緋聞，根本不值得浪費唇舌解釋。」

一下飛機就被媒體大陣仗迎接，歐陽子奇才明白與茱麗亞・艾妮絲頓在機場的偶遇已經被渲染成誇張緋聞。

歐陽子奇不得不佩服狗仔的動作迅速和想像力，他上飛機前一刻才發生的事，照片馬上被傳回國，網路上甚至流傳好幾篇臆測的報導。也不知道是哪個記者在文章末段寫著：「至截稿為止，歐陽子奇的手機關機，無法得知本人回應，但關機的舉動似是心裡有鬼……」

SHIT！他人在飛機上，當然關機啊！

「杜撰？這些照片難道是合成的嗎？」

夏芙蓉將一疊照片丟在桌上，最上頭那張是歐陽子奇與茱麗亞．艾妮絲頓的合照，女方掛在男方身上，半露的酥胸緊貼著他，男方的手還摟在女方腰上，說有多曖昧就多曖昧。

另外幾張，則是歐陽子奇與茱麗亞．艾妮絲頓的「接吻照」。就是因為照片如此勁爆，才會讓大批嗜血媒體拚了命也要追這則緋聞。

「只是巧合。」歐陽子奇口氣淡漠，彷彿照片中的主角他完全不認識般。

「巧合！巧合！對，都是巧合——」夏芙蓉幾乎要放聲尖叫，「這麼巧你們剛好在機場相遇，這麼巧你把手摟在她腰上，這麼巧你們接吻！」

揉揉發疼的太陽穴，歐陽子奇嘆口氣，終於認真解釋道。

「茱麗亞重心不穩跌倒，我伸手扶她，只是照片的角度看起來像接吻，實際上我根本沒親到她。」

「歐陽子奇，這種解釋連三歲小孩都不會信。」

夏芙蓉雙手環抱在胸前，大有「老娘才沒那麼容易打發」的氣勢。

歐陽子奇再度嘆氣。

原以為彼此都是理智的人，不會對這種可笑的報導大驚小怪，更不會隨媒體起舞，但今天的夏芙蓉似乎有些不可理喻。

「小蓉……」

聽見他語氣中明顯的疲憊與刻意壓抑的不耐煩，夏芙蓉才稍微冷靜下來。

好吧！她承認她有點反應過度，一點也不像以往不管面對什麼大風大浪都能從容以對的夏芙蓉，但……這是因為這次鬧出緋聞的對象是茱麗亞．艾妮絲頓，還破天荒的連照片都有了，讓她產生被比下去的危機感。

「算了，這一次我相信你。」夏芙蓉嘆了口氣，擺擺手，「不過就算我相信你的解釋，也不代表其他人會信，請你把這些說詞完完整整地轉達給我爸和你爸。」

本來還想說些什麼，幾經思考後便作罷。雖然還在氣頭上，夏芙蓉決定放過彼此，停止追究這件事。

從小和歐陽子奇一起長大，她瞭解他的為人，他的自傲讓他絕不可能容許自己為了掩蓋偷腥而說謊。只是在被媒體與親友輪番轟炸後，原本還能保持冷靜態度面對的自己，看見歐陽子奇這種事不關己、連解釋都懶的模樣，終於情緒爆發了。

她跟子奇可是公開的未婚夫妻耶！就算實際上他們的感情與其說是情人，更像是兄妹，但面子總是要顧，向記者解釋幾句是會怎樣？

現在媒體都在等著看好戲——看她要怎麼搶贏茱麗亞．艾妮絲頓。

對！就是這點讓她非常不開心，為什麼報導全唱衰她會是這段關係裡的輸家啊？除了名氣不如對方外，她可不覺得自己有哪點會輸茱麗亞．艾妮絲頓！

她和子奇是青梅竹馬，絕對比茱麗亞．艾妮絲頓還瞭解他，真要較量，當然是她更能抓住歐陽子奇的心。

而且，當初他們可是費了好大一番心力才說服彼此父母同意他們進演藝圈，甚至為了解決長輩們的疑慮，還提早訂婚，小心翼翼地經營著甜蜜的未婚夫妻形象。

夏芙蓉非常擔心，這些日子以來的努力，會因這個緋聞毀於一旦，更糟糕的是，可能還會被長輩們要求退出演藝圈。

她好不容易在模特兒界闖出的成績，不能這樣付諸流水！

「容我說句公道話……」

見他們的爭吵暫告段落，待在旁邊觀看了好一會兒的穆丞海，終於逮到機會開口，但可悲的是他話還沒講完，就被兩人異口同聲喝止。

「你閉嘴！」

好吧，不說就不說。

穆丞海摸摸鼻子，再度縮回沙發角落，並在心裡嘀咕著，這時候他們倒是很有默契嘛。

原本看到小倆口爭吵，他還覺得滿有趣的。

畢竟，這可是自認識以來，第一次看見他們真正大動肝火地吵架，當然不能錯過這難能可貴的好戲。

可是，當他發現這兩人越講氣氛越火爆後，不禁緊張起來。

小蓉回嘴回得如此率性，一副絲毫不怕惹怒子奇的模樣，他是沒什麼意見，不過，她姑奶奶吵過癮，高興何時回家，就能馬上丟下不管，他可得留下來面對發怒中的子奇耶！不管怎麼想，最後吃虧的人好像都是他。

於是，為了大家好，穆丞海才決定跳出來充當和事佬。

結果，出師未捷身先死。

脫掉剪裁合身的外套，鬆開領帶，歐陽子奇栽進柔軟的沙發中，冷靜想過後，暗嘆了口氣，態度放軟。

「小蓉，抱歉造成妳的困擾了，夏伯伯和我爸那裡，我會找時間去解釋。這段時間妳要是被記者問得煩了，手機就先別開機吧，我來負責回應媒體。」

這件事確實不是冷處理就會淡化掉的，媒體對MAX跟茱麗亞·艾妮絲頓的瘋狂程度完全超出預期，對他來說雖然是場無妄之災，但這就是身為公眾人物避不掉的爛帳。

何況，比起媒體，要搞定夏家和歐陽家的長輩，才是真正讓他頭痛的事。

原本在演藝圈裡，每天都會上演無數起的緋聞事件，破天荒占去報章雜誌大部分的版面，局勢一發不可收拾。甚至連電視都放著社會新聞不播，改成不停播放緋聞的相關消息，只因這次鬧出緋聞的主角是享譽國際的性感女星茱麗亞·艾妮絲頓，以及出道至今從未鬧過緋聞、超人氣團體MAX成員之一的歐陽子奇，實在太有報導價值了！

這些天來，記者不止緊追著歐陽子奇和茱麗亞·艾妮絲頓跑，連穆丞海也成為被纏問的對象。

好不容易擺脫記者，穆丞海踏進公司大門，在和櫃檯小姐寒暄幾句，探聽到茱麗亞·艾妮絲頓正在公司裡討論合作案後，馬上快步來到會議室。

運氣不錯，正好碰上休息空檔。

「茱麗亞！」

一看到茱麗亞·艾妮絲頓，穆丞海立刻熱情地招手，對方見到是他，也展露笑顏，起身小跑步過來。

「妳跟子奇的緋聞是怎麼回事？」走出會議室，穆丞海拉著茱麗亞退到角落，小聲詢問。

從緋聞爆發至今才短短三天，但媒體的陣仗之大，把歐陽子奇惹得脾氣越來越暴躁，和他同住的穆丞海首當其衝，天天盼望著風波過去。

「小海指的是我和子奇在機場的照片嗎？」

「沒錯。」穆丞海點頭，表情嚴肅，卻逗得茱麗亞．艾妮絲頓花枝亂顫笑了起來，「那只是拍攝角度的問題啦，我差點跌倒，子奇伸手扶我，我們沒真的親到！」

「我知道是誤會，但事情鬧得沸沸揚揚，子奇和小蓉還因此大吵一架，妳有機會就跟記者解釋清楚吧！」

這陣子只見歐陽子奇對外召開記者會，但身為緋聞女主角的茱麗亞．艾妮絲頓倒是一副不承認也不否認的曖昧樣，甚至毫不避嫌地飛來這裡，更增添外界的想像空間。

「我一年到頭鬧過的緋聞不計其數，哪有時間每件都出來澄清？」茱麗亞笑鬧著用肩膀輕輕頂了穆丞海的手臂一下，「況且，難道小海就沒想過我跟子奇的事是真的嗎？」

「我相信子奇，他說沒有，就是沒有。」

而且，以子奇的個性，就算真的看上茱麗亞，在與夏芙蓉有婚約的同時，也不可能會對茱麗亞出手，做出劈腿的行為，「子奇和小蓉的感情很穩定的。」

「小蓉？子奇的未婚妻夏芙蓉？」茱麗亞嘟著嘴，一臉不悅。

哼！小海不吃她的醋，原因竟然是因為他相信歐陽子奇，而非信任她對他的愛。這不只教她面子掛不住，還深深傷透了她。為什麼她的小海就是不懂她的心呢？她都已經給出這麼多暗示了，要是換成別的男人，早就已經與高采烈、迫不及待想擁她入懷。

難道，非得要她主動開口告白，小海才會明瞭她的心意？

茱麗亞雖然心裡不高興，卻無法直接對著穆丞海發脾氣，只好將發怒的對象轉移到那個「子奇的未婚妻」身上，她斂起笑容，不以為然地冷哼一聲。

「老實說，就算我和子奇的緋聞是真的，你們也用不著大驚小怪。夏芙蓉雖然身為子奇的未婚妻，要臉蛋沒臉蛋，身材又平板沒料，子奇甩掉她選上我，也只是證明他有眼光罷了。」茱麗亞．艾妮絲頓藉著打壓夏芙蓉來突顯自己的好，期望穆丞海能注意到此刻站在他眼前的這個女人，是多麼地令人著迷。

穆丞海細細咀嚼著茱麗亞的這一番話，卻大大地誤會說話者的本意。

奇怪？他怎麼覺得茱麗亞．艾妮絲頓好像很不屑小蓉啊？

納悶著茱麗亞．艾妮絲頓對夏芙蓉的敵意，穆丞海還沒有機會開口進一步詢問，一道彷彿從地獄深處竄出的冰冷聲音，化成索命利刃從他們背後傳來。

「是啊，還真是對不起喔！本小姐就是沒臉蛋沒身材，礙到妳還真不好意思呢！」

因工作因素前來的夏芙蓉，本無意偷聽他們的對談，甚至連招呼都懶得打，準備趕快路過，卻剛好把茱麗亞的話收進耳裡。

「小蓉，茱麗亞只是開玩笑的，妳別當真。」

要命！小蓉早不到晚不到，偏偏挑這個時候出現！他本來還想解決緋聞的事，這下完了，這兩個女人一碰上，不打起來就謝天謝地了。

「我不是開玩笑的，句句發自肺腑。」茱麗亞．艾妮絲頓抬高下巴，冷哼一聲。

媒體的報導讓夏芙蓉氣了好幾天，現在看到茱麗亞．艾妮絲頓的囂張模樣，積壓的怒氣完全爆發，她直接越過想充當和事佬的穆丞海，氣沖沖地質問茱麗亞．艾妮絲頓。

「狐狸精！破壞別人的感情很得意嗎？」

「妳要是條件夠好，還怕別的女人來搶嗎？」

同樣出生於富裕家庭的茱麗亞，千金小姐的嬌縱脾氣可不遜於夏芙蓉。對方既然主動來找她吵架，她當然不會客氣！說實在，她甚至覺得要是自己認真起來跟夏芙蓉搶歐陽子奇，根本不會輸。

夏芙蓉身為歐陽子奇的未婚妻，她明著暗著不曉得已經遇過多少嫉妒女人的攻擊，只是這次鬧得特別誇張，讓她對這個女人非常火大。

「別的男人我是不清楚，不過我和子奇從小一起長大，最瞭解他喜歡的是有內涵的女人，不是胸大無腦的騷貨。」

「妳說誰是胸大無腦的騷貨！」

「誰答腔就是說誰！」

穆丞海趕緊將兩人隔開一段距離，深怕她們衝動之下打了起來。要知道，在公共場合看兩個女明星互相拉扯頭髮，那實在太駭人了。

「寶貝，怎麼啦？什麼事情讓妳這麼生氣？」

聽到吵架聲，也在會議室裡開會的丹尼爾．布魯克特好奇地探出頭，如火焰般的紅髮特別顯眼，見茱麗亞和別人吵得面紅耳赤，立刻前來關心。

當他發現和茱麗亞吵架的人是夏芙蓉時，露出驚訝的表情。

「你們很熟？」聽見丹尼爾．布魯克特喚茱麗亞．艾妮絲頓「寶貝」，夏芙蓉打量了一下兩人，瞇起眼問道。

丹尼爾．布魯克特是演藝圈大老王軍浩的乾兒子，夏家、歐陽家與王家都是世交，透過王軍浩，夏芙蓉自是和丹尼爾熟識，在聽到他親暱地喚茱麗亞「寶貝」時，她立刻明白那絕不只是外國人的熱情稱呼而已。

「小蓉，茱麗亞和我合作過好幾部電影，是很有默契的好伙伴。」

在丹尼爾．布魯克特解釋的同時，愛慕之情全寫在臉上，毫不掩飾，但是茱麗亞．艾妮絲頓顯然不把他的熱情當一回事，除了偶爾瞪夏芙蓉幾眼外，其他時間都在偷看穆丞海的反應。

丹尼爾和夏芙蓉情同兄妹，老早就想把茱麗亞介紹給她認識，只是一直沒有好機會，「茱麗亞是個善良又溫柔的女性，妳們應該是誤會彼此了。」

「善良溫柔？」夏芙蓉瞪大雙眼，尾音拔高，一副不敢置信的模樣，「要是善良，她為什麼要勾引子奇？」

「勾引子奇？呵呵，這不可能。」丹尼爾．布魯克特想也沒想，直接否認這可笑的說法，「因為寶貝喜歡的人明明就是……」

剛想講出自己的名字，卻硬生生被茱麗亞打斷，更對她接下來所說的內容震驚萬分，下巴嚇得都快掉了。

不只丹尼爾，另一位被點名的人同樣被嚇得目瞪口呆！

「因為我喜歡的人是小海！」

茱麗亞笑著宣布，決定正面迎戰。

「我不過出差一趟，你們的新聞為什麼會鬧得這麼大！」

何董憤怒地拍著桌子，而坐在他面前的歐陽子奇和穆丞海，各自鐵青著臉，不發一語。

MAX的緋聞可說是不鬧則已，一鬧驚人，事件就如同滾雪球般越來越大，精彩程度連當紅連續劇都比不上。

首先，是歐陽子奇背著未婚妻夏芙蓉，在機場和茱麗亞．艾妮絲頓火辣熱吻，爆出緋聞，接下來在茱麗亞對穆丞海的熱情告白下，更演變成三角戀。

身為緋聞女主角的茱麗亞．艾妮絲頓不怕被說成腳踏兩條船，兩位被無端捲入事件的男主角倒是搞得一身灰，片刻不得安寧。

穆丞海覺得無辜，他只是想找茱麗亞解決歐陽子奇的事，突然被茱麗亞告白就算了，還因此接到丹尼爾．布魯克特的宣戰。

說什麼茱麗亞撤換男主角，找他拍戲的仇還沒報，竟又不要臉地接受茱麗亞的告白，新仇加上舊恨，勢必要跟他來場生死鬥。

這件事要是只在公司裡傳開也就罷了，沒想到茱麗亞．艾妮絲頓先是召開記者會公開自己喜歡穆丞海，丹尼爾．布魯克特也跟進，對媒體宣布與穆丞海的情敵之爭。

就捅妻子這點而言，他們兩個還真是相配！

怎麼都沒有人來問問他接不接受告白、接不接受宣戰？

盡是些任性到極點、一副自己說了就算的模樣，讓穆丞海覺得頭痛。

「我知道你們MAX很紅，得了獎了，現在不一樣了，但知名度僅僅限於國內啊！人家茱麗亞．艾妮絲頓可是國際級巨星耶，你們是想還沒進軍國際，就被支持她的男性影迷們封殺嗎？

「子奇。」何董看向歐陽子奇，「阿海不懂事就算了，怎麼連你也這樣？光給新聞還不夠，竟然連照片都大方送給記者了！你們是擔心記者沒新聞報會失業嗎？

「連『星聞雜誌』的老闆都親自打電話來感謝我們，靠著這次報導讓他們公司翻身，度過破產危機。你們救了人家公司，真是功德無量啊！」

何董越罵越起勁，歐陽子奇和穆丞海依舊不發一語，只是臉色隨著何董的話越來越難看，MAX的經紀人楊祺詳只好堆起笑容，出面緩頰。

「何董，不經一事不長一智嘛！況且子奇和丞海出道這麼久，這是第一次傳出緋聞，跟其他藝人相比，已經很難能可貴了！後續好好處理就行了，何董用不著這麼生氣，記者那邊交給我去應付吧！」

楊祺詳扶著何董的肩膀，讓他坐下歇歇，邊安撫何董，邊遞上一杯茶讓他消消火。

何董啜了一口香茗，脾氣果然緩和許多。

雖說應付媒體本來就是經紀人的責任，但楊祺詳最擔心的，是連穆丞海都被捲入。

以阿海的個性，絕對無法再像之前那樣，用局外人的身分冷靜面對緊追不捨的媒體，萬一大動肝火演出全武行，事情只會更難收拾。

「是啊，何董，其實MAX的音樂實力已經獲得了認同，就算出現緋聞，也傷不了他們的音樂形象。倒是這次緋聞讓他們曝光度大增，算是意外得到不少免費宣傳。」

瞭解何董貪小便宜的習性，他的助理蕭真也在旁邊幫腔，努力和楊祺詳一搭一唱，試圖平息怒火。

從出道至今，MAX的表現一向很好，從未像這次這般遭受公司高層數落，蕭真擔心何董突然將對其他藝人發火的習慣用在MAX身上，不僅解決不了事情，反而會造成兩人更大的反彈。

畢竟，對MAX而言，他們也是受害者。

蕭真才剛這樣想著，小心翼翼地瞥了眼歐陽子奇和穆丞海，心中大叫不妙。

看吧！果然造成反效果了！

聽到何董的謾罵，歐陽子奇已經不悅到直接閉目養神，連公司裡大家公認最沒架子、對同事最和善的丞海都轉過頭，不想直視何董。

何董啊，為了大局著想，您還是少說兩句吧！

就某種方面來說，蕭真確實料中了MAX的反應。歐陽子奇的確是因為不想再聽何董的廢話，索性閉眼養神；不過，穆丞海不想正眼看何董，可不是因為不滿何董的責罵，而是……

何董啊！你這陣子出差，是出差到哪去了？

就在何董朝著他們破口大罵時，一隻慘白無血色的手突然從何董背後攀上他肩頭，接著，一張頂著蓬亂長髮的上吊眼女性臉孔，冷不防地出現，當她朝著何董耳際吹氣時，穆丞海連忙別過頭去。

如果何董突然覺得耳根很涼，絕不是因為冷氣太強……

只見上吊眼女鬼吹完氣後，沒有就此消失，而是將慘白的雙臂環上何董的頸項，神情狀似親暱地將頭枕靠在何董肩上。

當然，「親暱」二字純屬穆丞海個人推測，要不是他受過演技訓練，能夠敏銳地感受到對方表達的情緒，光用肉眼看，他真的很難從那張猙獰的臉上瞧出任何跟「親暱」有關的解讀。

不過，讓一隻女鬼抱著似乎還不是最糟糕的情況。

在何董罵了個段落，坐下喘口氣時，一個大約只有幾個月大的嬰靈，突然從桌底下爬到何董的身上，像是遊戲一般，在何董肚子上跳著。

穆丞海下意識將椅子往後挪動幾公分，遠離那張隔在他和何董之間的大會議桌，以防那個嬰靈朝他過來。

雖然腦中曾閃過幾秒提醒何董的念頭，但以他這陣子的經驗來看，通常人們會寧可不知道，也好過被他形容的畫面嚇死。

況且，穆丞海深怕當他開口提醒何董的同時，自己也會被對方纏上。

所以，何董……您老人家保重啊……

「何董事長。」

就在穆丞海內心天人交戰之際，一名身穿純白中式長袍、頭髮灰白、眼睛炯炯有神、蓄著落腮長鬍鬚的老人突然入內。

他雖然尊稱何董一句「何董事長」，但從何董露出的表情看來，何董倒是更尊敬老者許多。

「殷老師，都處理好了？」

何董打算起身迎接殷老師，站起到一半，突然像是腿軟一般，又跌回座位上，蕭真馬上迎上前去關心何董的狀況。

穆丞海清楚看見了，何董之所以站不起來，全因那隻攀著他的女鬼還有肚子上頭的嬰靈，突然用力將何董往下壓。

「還差一處。」

被尊稱為殷老師的白衣老人走向何董，步履輕盈，與其說是走路，倒更像是用飄的，讓白衣老人單薄的身形顯得更加弱不禁風。

是以當他伸出瘦骨嶙峋的手，往何董肩上輕輕一撥，就讓那一大一小的鬼魂無聲消散時，穆丞海忍不住瞠目結舌。

大師！穆丞海在心中吶喊著。

「現在好了。」殷老師只是如此向何董說著，也沒多做什麼解釋。

照理說，以何董貪小便宜的個性，應該會再三向對方確認才罷休，但顯然他很相信這位殷老師，竟然什麼也沒問，直接向他致謝，這又讓穆丞海更不敢置信了。

「費用一樣是匯入殷老師先前給的帳戶嗎？」

何董站起身，這次的動作十分流暢順利。

殷老師點點頭，在何董的目光恭送下，離開了會議室。

「大……」瞧對方要離開，穆丞海焦急地起身，才想追上去，卻被何董回頭惡狠狠地一瞪。

「我話還沒說完，你想溜去哪？」

「我……」

先前遇到一堆騙錢神棍，甚至到醫院看診，也解決不了陰陽眼的問題，穆丞海幾乎都快放棄了。好不容易遇到一個真正有實力的大師，他當然要問問對方有沒有解決辦法！

被何董這樣一耽擱，穆丞海再看向門口時，那位殷老師早已不見蹤影。

好吧，沒關係，等何董罵夠，再問問他殷老師的聯絡電話好了。

不過，現在一回想，穆丞海才發現，難怪他明明在攝影棚、街上，甚至在家裡撞鬼撞到快翻掉，但除了剛剛的女鬼和嬰靈外，倒是從沒在公司看見什麼不乾淨的東西，原來是何董早就請了大師來坐鎮啊！

真是的，不早點說，害他之前困擾那麼久。

穆丞海哀怨地瞥了何董一眼。

不清楚穆丞海心裡的想法，何董誤以為穆丞海是在埋怨他不讓他離開，於是準備繼續開罵，只是他還沒出聲就被打斷。

「何董，狗仔炒作緋聞是家常便飯，要是連你也受影響，沉不住氣，要怎麼帶領大家，讓這間經紀公司成為世界第一呢？」

連敲門都省了，唐樂初走入會議室，低沉極富磁性的嗓音介入他們的對談。

聞聲，穆丞海瞄了眼走進來的人，一頭削薄服貼的短髮、黑色勁裝，身高算中等，但體型偏瘦，清亮有神的眼眸在沉穩中透著蓄勢待發的侵略性，乍看之下還真有點像小一號的歐陽子奇。

他看過這傢伙，是最近專輯銷售榜上的常勝冠軍，唱片銷量驚人，有著獨特的嗓音和魅力，是炙手可熱的新人。

不過，不知怎麼，雖然是第一次見到本人，他卻對唐樂初升起一股莫名的熟悉感，像是他們認識很久，也十分瞭解彼此的想法，甚至對對方有種敬畏與依賴感。

依賴？沒錯，聽起來很見鬼！對方明明看起來年紀比他小，身高比他矮，體型比他瘦弱，演藝圈的資歷也比他淺，卻讓他有一種可以依賴的錯覺。

正當穆丞海還在思索這種感覺為何而來時，唐樂初不客氣的口氣再度吸引他的注意力。

「當初我可是相信何董的野心和能耐才加入這間經紀公司，何董該不會這麼快就要讓我失望了吧？」

「嘿嘿……怎麼會呢？小初，我說要當世界第一，就是要當世界第一！」聽見唐樂初的話，何董氣焰一消，突然諂媚起來。

唐樂初聽了，不置可否地聳聳肩，並用眼神示意何董該把話題的重心擺在解決緋聞事件上。

見唐樂初沒有真的怪罪他，何董清了清喉嚨，恢復老闆的口氣，對在場的人宣布：「既然把目標放在世界第一，這種緋聞小事實在算不了什麼，得罪茱麗亞・艾妮絲頓的影迷又如何？我多的是方法讓MAX再造事業顛峰。小楊，交給你去處理，別讓我失望。」

「是，何董！」

雖然是個燙手山芋，但見何董不再為難MAX，楊祺詳比任何人都高興，他感激地看向唐樂初，後者不甚在乎地揮了揮手，然後又不著痕跡地刺激了何董幾句，將他打發去做身為老闆該做的正事，辦公室裡瞬間只剩穆丞海、歐陽子奇和唐樂初三人。

「哇，要不是親眼看見，真難相信何董也會有讓人牽著鼻子走的時候啊！何董是欠小初很多錢嗎？」

對何董的反應嘖嘖稱奇的穆丞海，馬上忘記自己剛才還在為緋聞傷神，自然熟地也跟著何董叫唐樂初小初。

「這叫一物剋一物吧！」

唐樂初笑了起來，臉上掛著兩個淺淺酒窩，一掃先前對待何董時的嚴肅，神情透著些許稚氣。

「初次見面，我叫唐樂初。」

即使彼此都知道對方的名字，唐樂初還是禮貌地介紹自己，並主動朝他們伸出手。

「歐陽子奇。」

「穆丞海。」

用力回握唐樂初的手，穆丞海對這個小輩很有好感，不像有些藝人，沒什麼實力，只是被一些有影響力的人稍微喜愛，就一副高傲樣。

「小初，其實打從剛剛開始，我就有一種我們認識很久的感覺……」意識到自己的話有點曖昧，穆丞海連忙補充，「別誤會，這絕不是搭訕的說詞！」

「我知道，我也有這種感覺，就好像……前輩子就認識一樣了！尤其是在看《豔陽》的時候，那種感覺更加強烈。」唐樂初誇張地說，「海哥拍的電影超好看的！」

唐樂初的稱讚，完全不會給人刻意阿諛奉承的感覺，穆丞海聽了十分開心，尤其自己對他有先入為主的好感，不禁因為對方的話而不好意思起來。

「沒什麼啦，隨便拍拍而已……」他伸手搔著自己的頭髮，「說到才華，我旁邊這位才是真正的才子。」

「我一直很欣賞子奇大哥的創作，到現在還夢想著能跟在子奇大哥身旁學習呢！」

唐樂初俏皮地對他們眨眨眼，口氣狀似輕鬆，大有慫恿歐陽子奇收自己為徒的意味。

聞言，歐陽子奇沉默下來，神情嚴肅，讓現場氣氛頓時有些尷尬。

穆丞海明白好友只想專心在製作音樂上，不想浪費時間收什麼徒弟，才想開口說些什麼來緩和氣氛，歐陽子奇倒是先針對唐樂初的專輯分析起來。

「這張專輯，除了自創的那幾首歌不錯外，其他曲子雖是流行的風格，卻不適合用低沉的嗓音演唱，綜合表現只能算是差強人意。對於專輯的一體性，應該要有更完整的規劃和想法。」

雖然沒有正面回應收徒的請求，歐陽子奇還是認真地給了建議，這個新人的音樂實力不錯，只是他和何董的關係，很可能成為阻礙成長的因素。

「謝謝，我就是需要這樣的建議！」唐樂初開心地說，能聽到歐陽子奇的建議就夠了，想當初自己的專輯可是連製作人都不敢表達意見呢。「以後還請師兄們多多關照囉！」

「我們絕對會好好關照你的，師弟。」

拍拍唐樂初的背，穆丞海大方承諾。

「師弟？」

聞言，歐陽子奇忍不住白了穆丞海一眼，一副受不了的神情，雖說穆丞海的狀況外也不是一兩天的事，他還是忍不住多問了一句，「不要告訴我，你不知道唐樂初的身分。」

「什麼身分？」

歐陽子奇嘆了口氣，枉費宣傳打那麼大，穆丞海卻只挑自己有興趣的部分接收嗎？

「無所謂，這是常有的事。」唐樂初不置可否地笑了笑。

Chapter 2

親人的重要性

受完何董的疲勞轟炸，好不容易因為和唐樂初交流音樂、心情稍微好一點的歐陽子奇，剛踏出公司，馬上又被迎上前的管家惹得臉色鐵青。

「少爺，老爺請您前往夏家一趟。」

衣著整齊的管家朝歐陽子奇鞠躬，語氣溫和恭敬，卻不等歐陽子奇回答就逕自打開車門，顯示將少爺帶往目的地的決心，門邊還各站著一名繃著臉的保鏢。

如果歐陽子奇當場拒絕，保鏢們大概會直接把人扛上車，以便完成歐陽家老爺的指示。

穆丞海不常接觸到歐陽家的人，與子奇同住的這段時間也沒見他家裡的人來看過他，但時有耳聞他父親作風強勢，尤其唯一的兒子放著家族企業不願接手，執意進入演藝圈發展音樂工作，自然對他的要求更嚴苛。

每當這時，穆丞海就會慶幸自己是孤兒，想做什麼就做什麼，不需顧慮太多。

同情地看向好友，穆丞海心想，這就是名門望族為難的地方吧！

夏家和歐陽家是世交，這次緋聞又是衝著歐陽子奇來，夏家老頭覺得寶貝女兒受到委屈，自是會向歐陽家施壓。縱使錯不在子奇身上，還是免不了要道歉。

用眼神詢問著歐陽子奇，後者示意他自己沒事，回去處理一下，早點將事情解決也好。

穆丞海打氣般地拍拍歐陽子奇，才想和他道別離開，管家馬上接話。

「老爺請穆先生也一同前往。」

「我？」穆丞海不解地指著自己。

子奇和小蓉有婚約，鬧出緋聞，要子奇去夏家道歉，這他能理解，但連他也在被「邀請」的範圍內，究竟怎麼回事？

「有什麼事我來承擔，不需要把海拖下水！」

冷著一張臉的歐陽子奇，在聽到管家的話後，壓抑不住低吼出來。

這場堪稱鴻門宴的邀請，不管長輩們怎麼數落他，他都無所謂，但是海個性單純，要是聽到那些冷嘲熱諷的話，不知道能不能承受？

不管老頭到底在打什麼主意，他現在只想保護穆丞海不受傷。

「沒關係啦，反正我現在也沒事，歐陽伯伯跟夏伯伯想找我泡茶，我就去一趟吧！我還沒去小蓉家玩過呢！」

子奇因為進入演藝圈的事，跟歐陽伯伯的關係已經十分緊繃，要是再因為他而讓這段父子關係更糟糕，就真的是罪過了！

說著，不等歐陽子奇回應，穆丞海便率先鑽入來接他們的賓士車內。

春天的空氣透著些微涼意，宜人氣候，讓街上漫步的行人心情顯得十分愉悅，但輕鬆的氣氛，卻感染不進快速穿梭在大街小巷間的加長型勞斯萊斯裡。

司機全程專心開車，管家則板著臉沉默不語，保鑣們的表情就更不用說了。

歐陽子奇同樣沉著臉，只剩穆丞海還算是心情不錯的人，這大概就叫做初生之犢不畏虎，硬是把一場鴻門宴當作去觀光。

車子駛離市區後一路奔馳，直到進入夏家宅邸的範圍內才慢了下來，平坦的私人道路因為光線被兩旁的樹木給遮住，顯得有些陰暗。

雖然平常和夏芙蓉的感情不錯，不過這倒是穆丞海第一次來到夏家，大有一種初次看到豪宅的新奇興奮。

他先對著數棟巴洛克風的建築讚嘆不已，又被廣大的人工湖泊給迷得陶醉萬分，尤其在看見那個飼養了不少馬匹的馬場後，穆丞海幾乎要開心地放聲尖叫。

馬！是馬耶！活生生的馬！

管家的撲克臉雖然依舊，但在瞧見穆丞海一副鄉下土包子的模樣時，也忍不住在心中替少爺感到不值。

倒是歐陽子奇被穆丞海毫不矯作的神情逗樂，深皺的眉頭放鬆不少。

看得出來穆丞海對馬匹情有獨鍾，歐陽子奇淡笑著說：「等忙完這次專輯，我再帶你到我家的馬場玩。」

擔心父親對海先入為主的歧視會讓海在他家有不愉快的感覺，歐陽子奇很少主動邀請海到他家玩。

但如果只是到馬場，除非是父親刻意，否則兩人要見到面的可能性微乎其微。

「好啊！」聽見可以親手摸到馬，甚至還可以學西部牛仔來個騎馬耍帥，不是在那種觀光農場，玩一次幾十塊，只能坐在馬背上被牽著慢慢走那種，穆丞海的眼睛亮了起來。

「子奇，我好愛你喔！」

上帝啊！如果他以前有什麼偷罵子奇的言論，那肯定只是一時口誤，請讓他趁這機會收回，他要重申，子奇是個大好人，超級大好人！

一想到可以騎馬，穆丞海就開心到不假思索地嘟起嘴湊向前去，假裝要給歐陽子奇感謝的一吻。

見狀，歐陽子奇馬上眼明手快地抵住穆丞海的胸膛，同時嫌惡地別過臉，躲開好友的口水攻擊。

「別害羞嘛！」本來只是單純想開個玩笑，但看到歐陽子奇的反應後，實在覺得……太有趣了！好像在欺負良家婦女喔！

過度雀躍的情緒讓穆丞海的膽子大了起來，他玩心大發，一臉沒吻到歐陽子奇誓不罷休的表情，「讓我給你一個充滿愛意的吻！」

「穆丞海，停止你那幼稚的行為！要感謝我，請我喝杯『愛玉』可以，『愛意』就免了！」

歐陽子奇咬牙切齒地低吼，死命將身體往後挪，無奈車內空間就那麼大，移不了多少距離就直接碰上車門，無處可退。原本抵在穆丞海胸口的手當機立斷往上移到他的臉上，用力將他的臉推開。

「來嘛！來嘛！給我親一下！」縱使臉部已經被推得變形，穆丞海還是不放棄地嘟起嘴，這個模樣要是被其他歌迷看見，包准會嚇死人。

有限的後座空間讓兩個身高超過一八〇的男人推來擠去，使得車身在平坦道路上不正常地左右搖晃起來，管家依舊維持著撲克臉，靜靜聽著後頭的打鬧，倒是司機已經忍不住，頻頻抬眼從後視鏡窺看後座的舉動。

「來嘛，小奇奇，別害羞，我們都『同居』這麼久了，你身體哪裡我沒看過摸過？不過就是親個臉頰——」

歐陽子奇真想直接往他肚子招呼一拳，但轉念一想，要玩是吧！那就來玩大一點的。

「只是親臉頰太沒意思了。」歐陽子奇突然痞痞地笑了起來，原本推著穆丞海的雙手角度一轉，直接捧起他的臉，「要吻就嘴對嘴，反正……又不是沒吻過。」

歐陽子奇壞笑的神情讓穆丞海心中警鈴大作，想起之前子奇發燒，被跟到他們家的高中女學生鬼魂小桃附身，對著他又親又摟、上下其手的慘痛回憶。

「你不會又被附身了吧？」穆丞海暗叫不妙。

「什麼？」

「我是說……我好開心啊！」那晚過後，他打死都不敢跟子奇提起附身的事，就怕子奇心血來潮問起附身後的情況，到時他要誠實以告也不是，說謊欺瞞也不是。

「哦？那就繼續吧！」

歐陽子奇將那張迷煞眾人的俊臉湊近穆丞海，攻擊方與防守方頓時對調。

在一旁聽著對話的管家，緊張地想著，少爺和那位穆先生，不會真的是有什麼不可告人的關係吧……

這可不妙啊！老爺和夫人就子奇少爺這個獨子……

這次，管家終於控制不住表情，擔憂地皺起眉頭。

一場浩劫，終於在抵達目的地後宣告結束。

待車子停妥，馬上就有夏家的管家迎上前來幫忙開門，畢恭畢敬地帶著兩人前往夏家庭院。

夏家花園裡種滿了各式花卉，五彩繽紛，景象綺麗，庭院中央的空地擺了張設計感極佳的圓桌和舒適座椅，有四個人正圍著圓桌，悠閒地喝著下午茶，分別是夏家主人，也就是夏芙蓉的父親——夏敬誠、他的妻子、歐陽子奇的父親歐陽奉，以及在演藝圈極具影響力的前輩，王軍浩。

四個長輩輕鬆的談天氣氛，在看見歐陽子奇和穆丞海出現後，立即凝重起來，尤其是歐陽奉，更是迅速變臉。

「子奇，還呆站在那做什麼！還不快過來跟夏伯伯道歉！」

「夏伯伯、夏伯母，對不起。」

「子奇，夏伯伯一直很欣賞你，但是這次鬧出這樣的緋聞，對小蓉傷害真的很大。」夏敬誠微笑著說。

不像歐陽奉給人強勢的感覺，夏敬誠是個溫柔和善的長者，他十分欣賞歐陽子奇，早就將他視為一家人，緋聞的事自己本來就沒打算為難他，只是歐陽奉堅持要兒子親自來道歉，他就順勢接受。

「緋聞的事是一場誤會。」

「我相信你，但是小蓉可是對你事後的態度很有意見。聽說茱麗亞．艾妮絲頓還特地跑去找她挑釁？見小蓉不想計較，就以為她好欺負？」端起雕花細緻的古典瓷製茶杯，夏敬誠品嚐了一口香茗後，慢條斯理地轉述情況。

歐陽子奇回國那天，小倆口雖有爭吵，但夏芙蓉還算接受他的說法，回家後就跟夏敬誠說她相信子奇會將事情處理好，請他不用擔心。

沒想到幾天後，茱麗亞．艾妮絲頓的一番話卻再次挑起戰火，兩個女人在經紀公司罵不夠，事後又各自透過媒體放話，夏敬誠在家裡自然聽見女兒諸多抱怨。

夏敬誠是不懷疑子奇的為人，卻擔心事情不儘快處理好，拖下去會讓女兒難過，大家的生活都不得安寧。

和穆丞海迅速交換個眼神，彼此雖然明白事情非夏敬誠說的那般是茱麗亞．艾妮絲頓單方面挑釁，在場的穆丞海可是看見夏芙蓉也罵得很起勁，但做父親的護女心切，解釋再多也改變不了夏敬誠認為女兒被欺負的想法，歐陽子奇只能再次保證，會好好和夏芙蓉溝通，不讓她因為茱麗亞的事壞了情緒。

「唉，當初我就反對你們兩個進演藝圈，現在好了，緋聞鬧得不可開交，我們這些做長輩的幫不上忙，只能自個兒在這擔心煩惱。不如你們趁機宣布退出吧，趕快結婚，讓那些謠言不攻自破。」等到夏敬誠說完後，夏芙蓉的母親接著開口。

「連這種小事都處理不好，乾脆別在演藝圈混，省得麻煩！」歐陽奉也順勢說，接著又將歐陽子奇數落一番，說的無非就是他態度固執、能力不夠，不如回企業好好磨練這些話。

幾個長輩的態度很一致，無非就是希望可以勸歐陽子奇退出演藝圈，和夏芙蓉趕快共組家庭，他們也好抱孫子，享受天倫之樂。

差別只在於夏敬誠的表達含蓄，夏夫人動之以情，歐陽奉則是夾槍帶棍，嚴厲責備。

一番話聽下來，歐陽子奇早已習慣，倒是身旁的穆丞海，自進到花園開始，就緊抿雙唇，尤其在聽見歐陽奉不留情面的數落後，更是壓抑不住心中的怒火。

「歐陽伯伯，這件事也不能全怪子奇。」

聽過子奇的父親對他嚴厲刻薄是一回事，親眼見識到卻又是另一回事，穆丞海無法冷靜看待，決定出聲替歐陽子奇說話。

「誰也不願意發生這種事，子奇已經很努力在處理了，身為父親，你應該體諒他，給他支持和鼓勵才對！」

如果今天對方不是歐陽子奇的父親，穆丞海絕對會直接上去給對方一拳。

歐陽奉聽了，手掌先往椅子的扶手一拍後，指著穆丞海，咬牙切齒道：「我還沒問你跟茱麗亞．艾妮絲頓的關係，你倒是先怪起我來了！」

歐陽奉大動肝火，「子奇和茱麗亞．艾妮絲頓的緋聞已經讓人頭痛，你還來湊熱鬧，是怕大家不知道演藝圈有多亂嗎？你要和那個外國女星牽扯不清，那是你自己的事，管好你的女朋友，別把子奇拖下水！」

老實說，歐陽奉實在不需要跟晚輩這樣吵，但遇上穆丞海，似乎很容易引發他不悅的情緒。

歐陽奉心想，真要歸咎，他們父子的關係之所以這麼緊張，還不都是因為穆丞海！如果子奇不是誤交這名損友，也不會如此堅持要進演藝圈，就算要進演藝圈，和好友王軍浩的乾兒子合作組團，都好過這個沒背景也沒實力的穆丞海！

夏敬誠繼續喝著茶，饒富興味地瞧著一向冷靜的好友大發雷霆。

事實上，不只夏敬誠，王軍浩也是帶著看好戲的心情，來回注視著眼前槓上的一老一小。

「伯父，我和茱麗亞不是男女朋友！當然，子奇和她也沒有任何牽扯，全都是媒體捕風捉影、胡亂報導……」

穆丞海還想解釋，卻被歐陽奉打斷。

「不用說這麼多，與其在這裡浪費口水解釋，不如好好動動你的腦袋，想辦法擺平那群媒體，解決這筆爛帳！」歐陽奉突然挑釁地睨向穆丞海，「還是你又打算躲在子奇背後，要子奇替你收爛攤子？」

「我沒有！」

「爸！」

連歐陽子奇都覺得父親說話太過分，忍不住出聲制止，但這舉動更加激怒歐陽奉了，自家兒子不幫爸爸，反而去幫損友說話是什麼意思？

「你到底有哪一點好？可以讓子奇這樣護著你！」

「我是比不上子奇。」在歐陽奉憤怒的注視下，穆丞海反倒靜下心來，神情篤定地看著對方，「但我知道身為他的伙伴，不管任何時候，都會提供給他幫助、支持與鼓勵。

「為了歐陽伯伯的期待，子奇從小到大放棄過多少東西，您知道嗎？他唯一堅持擁有的，就只有他最喜愛的音樂了！為了能夠朝這方面發展，只能一直對歐陽伯伯開出來的條件百般忍耐……」

「海，別說了。」

歐陽子奇拉住穆丞海的手臂，想制止他繼續說下去。一邊是最敬愛的父親，一邊是最要好的朋友，他實在不願看到兩人針鋒相對。

「讓我說。」伸手拍了拍歐陽子奇抓著自己的手背，穆丞海安撫他後，轉頭看向歐陽奉，將他放在心裡許久的話，直率地說了出來。

「子奇很有音樂才華，請歐陽伯伯別再阻礙他發揮了！如果身為家人的歐陽伯伯做不到給他支持，那就交給我！」

在場的人都被穆丞海的話嚇到，就連交涉與談判經驗老道的歐陽奉一時都不知道該怎麼回罵，只能氣呼呼地瞪著他，歐陽子奇則是被那發自肺腑的話感動，還擱在穆丞海身上的手顫了一下。

怎麼了？穆丞海眼帶疑惑地瞟向歐陽子奇。

那一下雖然很輕微，但因為就貼著穆丞海的皮膚，對他來說十分明顯。不過下一刻，他又想起自己還在跟歐陽奉對峙，馬上將眼神移了回去。

這時把眼神移開就輸了！

「笨蛋……」歐陽子奇用只有他和穆丞海才聽得到的音量輕聲地說。

他其實想說的是「謝謝」，但話到了嘴邊，想到穆丞海聽到後百分百會不敢置信，更可能會拉住他要他再說一遍……就硬是改了口。

歐陽奉被穆丞海的無禮氣壞了，夏敬誠和王軍浩則是在心裡佩服著穆丞海。能夠毫不畏懼歐陽奉的氣勢與脾氣，並且這麼帶種地把心裡的話說出來的晚輩，真的找不到第二個了！

穆丞海和歐陽奉大眼瞪小眼，固執地瞪著對方，想用眼神分出高下，只是這場無聲戰爭並沒有持續太久。

「爹地媽咪、歐陽伯伯、王伯伯好。」

對峙的氣氛，剎那間就被和丹尼爾．布魯克特一起逛街回來，刻意堆起甜美嗓音打招呼的夏芙蓉打斷。

擔心穆丞海繼續跟歐陽奉對峙下去，難做人的是夾在中間的歐陽子奇，夏芙蓉胡亂找了個理由，趕緊將他們帶離現場，三個人坐上夏芙蓉的跑車，往夏家別墅的大門平穩開去。

氣氛有些凝重，坐在後座的穆丞海默默觀察著駕車的歐陽子奇與坐在副駕駛座的夏芙蓉，一個眼神直視前方、表情專注地開車，一個雙手環胸、將頭瞥往車窗方向，延續著上次吵架的氣氛，連穆丞海都不敢貿然打破這股沉默。

夏芙蓉不是不想講話，反而是因為太多話想跟歐陽子奇說，不知怎麼開口。

車窗半開著，徐徐涼風吹了進來，微捲的褐色長髮飄拂過她白皙粉透的臉頰，她伸手將被吹亂的頭髮塞至耳後，修長勻稱的雙腿自然優雅地併攏斜放，形成一幕唯美的畫面。

但她的心情可不像表面那麼輕鬆，雙腿在短時間內換了好幾次邊，顯示她的惴惴不安。

「停車！」夏芙蓉突然大喊，有種不這麼做，她就永遠沒有勇氣開口的感覺。

穆丞海被那一聲喊叫嚇了好大一跳，倒是歐陽子奇似乎早有預料她會這麼說，十分鎮定地將車減速，停在路旁。

「子奇……」寧靜一旦打破，交談就變得容易許多，夏芙蓉朝歐陽子奇揚起一抹甜美燦爛的笑容，帶著濃濃撒嬌意味的嗓音，這是她有求於人時的招牌態度。

歐陽子奇見怪不怪，心裡有了被拗的準備。

夏芙蓉話說了個起頭，想到穆丞海也在車上，表情突然一變，轉頭瞪向後座，「你先下車一下。」

哇！變臉也變太快了吧！不過惹她夏大小姐生氣的人是子奇，怎麼矛頭突然指到他身上來？

這一眼的氣勢驚人，穆丞海也不敢反駁，摸摸鼻子，下了車。

「子奇，我需要你的幫忙，你可以……為我當一次壞人嗎？」

聞言，歐陽子奇挑高眉毛，要她繼續說下去。

「我要紅杏出牆了！」覺得這樣說自己好像不妥，夏芙蓉趕緊改口，「我移情別戀了。」

「對方是？」小蓉有喜歡的人了？對方是誰？歐陽子奇的興致被挑起來了。

「是丹尼爾。」夏芙蓉也不賣關子，直接公布答案。

丹尼爾……王軍浩的乾兒子？

「怎麼會突然喜歡上他？」

「也不是突然啦！我跟丹尼爾認識好一段時間了，雖然沒像我跟你認識那麼久，好歹我也相當清楚他的為人，瞭解他的個性，不是盲目的喜歡，算是日久生情吧。」

「不過，丹尼爾不是才召開記者會說他喜歡茱麗亞？」

「唉，這就是討人厭的地方呀！」

夏芙蓉和丹尼爾．布魯克特的感情向來不錯，就跟她和子奇一樣，只是以往她和子奇可說是無話不談，在丹尼爾面前總是多了一份矜持，她還以為是因為認識的時間沒有子奇久，自己喜歡子奇多一點的緣故。

直到丹尼爾召開記者會，宣告他喜歡茱麗亞後，她馬上從單純友誼的假象中醒了。原來，她對兩人的感情根本不同，她在丹尼爾面前放不開，是因為她本能地怕壞了自己的淑女形象。

「妳希望我怎麼幫妳？」

「那個……」夏芙蓉附在歐陽子奇耳邊，將她想到的計畫，完完整整地說了一遍。

「爛透了。」這是歐陽子奇聽完後最直接的感想。

「哪會！我覺得這個方法很棒呢！一定會奏效的。」夏芙蓉倒是很有信心。

「以丹尼爾的個性來說，可能真的有效吧。」歐陽子奇解掉領帶，鬆開了第一顆釦子，揚起一抹笑，「不過，妳是真的喜歡他，還是只是想跟茱麗亞搶？」

「才不是因為茱麗亞那狐狸精！我是真的……」夏芙蓉別過頭去，臉頰上的緋紅說明了一切。

達成共識後，夏芙蓉將跑車借給歐陽子奇和穆丞海，自己則心情愉悅地慢慢散步回主宅，準備進行下一步。

歐陽子奇駕著跑車，熟練地疾駛在濱海公路上，心思還停留在跟夏芙蓉的對話上，他被甩了，心情卻很愉快。

「唉……」倒是改坐到副駕駛座的穆丞海發出一聲嘆息。

「嘆什麼氣？」

「好不容易遇到一個大師，竟然就這樣錯過了。」

「大師？」

「是啊……」穆丞海將稍早會議室裡的情況說了一遍。

趁著夏芙蓉與子奇在車上密談，他撥了通電話給何董，想問殷大師的聯絡方式，誰知何董竟然告訴他，殷大師向來是突然出現，到處走走看看，幫公司處理完就離開，他根本不知道大師的聯絡方式。

穆丞海得知後，當場有如五雷轟頂，欲哭無淚。

「海，你的項鍊可以借我一下嗎？」

「好啊！不過你要項鍊幹嘛？」穆丞海雖然問著，倒也沒有遲疑，馬上伸手取下項鍊，交給歐陽子奇。

接過項鍊，趁著停紅燈的空檔，歐陽子奇翻看起項鍊。果然只是一條再普通不過的項鍊，上頭既沒刻字，也沒其他可以做為線索的東西，歐陽子奇只好再把項鍊還給穆丞海。

「前陣子我請人調查了一下，看能不能找出你的親生父母。」說著，歐陽子奇頓了頓，語氣放柔下來，「海，抱歉，沒經過你的同意就擅自這麼做。」

其實，歐陽子奇是擔心先讓穆丞海知道這件事，最後卻什麼也沒查出來，反而會讓他失望，才會沒說。

「有調查出什麼消息嗎？」穆丞海一手撐著車窗邊緣，手指隨性地敲打著某個節奏，看似不在乎地問。

「住在育幼院對面的老婦人，說曾看見一位金髮女性將一名嬰兒放在門口，她來不及叫住對方，對方就上了一輛黑色賓士車離去。和院長對照時間，那個金髮女子，有可能就是把你放在育幼院的人。」

穆丞海聽到後，身體微微一顫。他從沒想過主動找出自己的親人，但不代表他心裡就沒出現過疑惑。

為什麼他的父母要將他棄置在育幼院？是不是有什麼不得已的苦衷？或者，自己本來就是不被期待的累贅，才會出生未滿周歲就被棄養？

「海……」見他一直沉默不語，歐陽子奇放慢車速，側著頭關心道。

要不是正值下班的尖峰時刻，交通十分混亂，他真想馬上將車停在路旁，給海一個擁抱。

「我沒事。」深吸了一口氣，再大大吐出來，穆丞海勉強擠出微笑，「還有打聽到其他消息嗎？」

「當年那種黑色賓士車非常少見，我請人查了所有車主的資料，發現其中一位車主的住處曾住過一名金髮女子，她有一雙藍色眼睛，鄰居對她的印象非常深刻，縱使過了這麼多年，還能說出不少關於她的事。」

「子奇，那個金髮女子……就是我的親人嗎？」

「海，有件事我必須先告訴你，不管那個金髮女子是你的誰，根據鄰居的說法，她早在二十幾年前就過世了。」

「過世？」

「嗯，那棟房子後來就一直空著，沒人居住，房子的所有者是個外國人，但是到現在還聯絡不上對方。」

「那棟房子在哪？」

「就在這附近，如果你想過去看看，我們可以繞過去。」

「好，我想去。」

雖然屋子裡沒有住人了，也不確定那名金髮女子是不是就是他的親人，他還是想去看看，去那個或許是自己曾短暫待過的地方。

車子開進住宅區一帶，街景不算繁榮，大部分的房子也都十分老舊，卻是個寧靜又祥和的社區，環境也很整潔，純論居住品質的話還算不錯。

歐陽子奇和穆丞海在一棟別墅的對面停好車。

「就是這裡。」

放眼望去，房子雖然有些年紀，卻看得出來設計十分講究，應該曾是一棟漂亮耀眼的房子。縱使是長滿藤蔓雜草的現在，依舊是這帶住宅區的焦點。

兩人正想下車，歐陽子奇的手機突然響了，他看了眼來電顯示後，對著穆丞海說：「你先過去吧，我接個電話，隨後就來。」

「喔，好。」

穆丞海走下車，過街往別墅去。此時，他看到有個身影站在別墅前，等等，那應該是人沒錯吧？再靠近一些後，他竟然覺得那個背影有點熟悉！

那是……唐樂初？

他怎麼會跑來這裡，還在這棟別墅前出神？

穆丞海加快腳步走去，唐樂初看得很專心，即使彼此的距離近到只剩一條手臂遠，對方還是沒察覺到他的接近。

「唐樂初！」玩心驟起，穆丞海故意大聲喊。

「哇！嚇我一跳，是你啊。」

唐樂初退了一大步，伸手撫著胸口，呼吸被攪亂。

「你住這附近？」

「不，我家離這裡很遠，只是經過。」

「喔，這棟房子有什麼特別的？幹嘛盯著它發呆？」

「說不上來為什麼，但看著這棟房子，就是有股熟悉感。」

「熟悉感？」

「對啊！就像我們第一次見面時，彼此那種熟悉感一樣。我每次回家經過這裡，看著這棟房子，就覺得自己好像曾經在這裡住過一段時間似的。但從我有印象開始，這棟房子就已經荒廢了，我怎麼可能在裡頭住過嘛！」

住過一段時間？穆丞海愣了愣，看著唐樂初的眼神多了一道審視。

「你又怎麼會來這裡？」唐樂初反問穆丞海。

「我啊……」

穆丞海簡單地將自己的身世還有目的說了一遍，唐樂初一開始還興致高昂，當成連續劇一樣，聽得津津有味，但到後半段不知怎麼的，突然一陣心酸湧上心頭，眼眶積著淚水，又強忍著不讓它掉落。

「所以，這棟房子可能是你親人住過的地方？」

「子奇是這麼推測的，但是還不確定，所以先來看看。」

「不管是不是，都祝福你早日找到你要的答案。」唐樂初一拳搥在穆丞海的肩上，算是替他加油打氣。

「謝啦！」穆丞海漾開笑容，回應唐樂初的義氣，也一拳輕搥上對方的胸口，卻在觸碰到的同時，像遭電擊般迅速收回手。

「妳……妳是女的？」那柔軟的觸感，和男生的胸膛完全不同。

不會吧！唐樂初不是男的嗎？「他」的外貌……穿著……氣質……怎麼看都是個美型男啊！等等，那張臉，好像真的越看越像女生……

氣氛一瞬間變得十分尷尬，唐樂初很想笑著帶過，假裝沒什麼，但歐陽子奇正好走了過來，雖然表情看起來很平常，但她發誓，她確實瞥見歐陽子奇閃過一絲戲謔！

可惡，在最崇拜的前輩面前發生這種糗事，她好想挖洞把自己埋了。

「穆丞海，你這白痴，誰說過我是男生？」顧不得穆丞海的師兄身分，唐樂初氣得破口大罵。

她平常雖然很大剌剌，但她可沒有刻意打扮成男生的想法。

唐樂初憤憤地想著，當初宣傳廣告上，不是還用了中性美女這樣的詞來形容她嗎？

「啊……好像也是，抱歉抱歉！」穆丞海又是鞠躬道歉又是答應請客賠罪，終於讓唐樂初不再生氣。

「算了，懶得跟你計較。我等等還有事，得先走囉，如果有發現什麼關於你父母的線索，記得跟我分享啊！」丟下這句話後，唐樂初便上車揚長而去。

目送唐樂初離開後，歐陽子奇轉頭問穆丞海道。

「海，你打算進去看看嗎？」

「既然都來了，就進去看看吧，也許真的有什麼線索也不一定。」

意見一致後，兩人翻過圍牆，一同進入別墅。

別墅裡的家具都還在，卻沒有絲毫關於穆丞海曾住過的線索，連一張嬰兒照片也沒有。

耗了兩個多小時一無所獲，離開時，穆丞海難掩失望，心情低到谷底，才想找歐陽子奇去喝一杯，對街閃過一個白衣身影，那種款式的長袍在街上出現實在是太顯眼了，他想不發現都難。

「殷大師！」他急忙衝了過去，開口大喊。

失而復得的心情實在太令人激動了，穆丞海盯著對方，完全不敢眨眼，深怕一閃神，對方就會像電視上常演的那樣，突然不見人影。

幸好，白袍老人一直都在，甚至在聽見穆丞海的叫喚後，就轉身看著他。

「那個，事情是這樣的，我……」穆丞海想將自己的問題告訴大師，希望大師給他指點，但一句話還沒說完，白袍老人就開口截斷他。

「你應該在那次劫難中喪生的。」

聞言，穆丞海一愣，大師的意思是，他本該死在鷹架倒塌那場意外？

「能逃過是你的運，是運，卻不是命。」

「那……」他的陰陽眼有辦法恢復嗎？

像是能知曉穆丞海心中所想，白袍老人繼續說：「你在事故後的變化，也是你曾經踏過生死之界最好的證明。命非不能改，卻不易，除非找到跟你有血緣關係、或曾經在某世與你是親人的人，才有辦法改變你的命運。」

「如果……」

「如果找不到，你會死。」白袍老人斬釘截鐵地說。

「有時間限制嗎？」找不到的話，多久後他會死？

「最多一年。」

呼，一年啊，那還好，原先還以為是七七四十九天這種數字咧！一年時間，也夠他去體驗體驗人生了。

穆丞海還在慶幸有一年可活，尾隨而至的歐陽子奇聽到這番話，臉色凝重起來。這個長者要是真如海形容的那麼厲害，又受到何董的倚重信賴，那麼他這番話就表示情況十分嚴重了。

找不到親人，海就只剩一年時間可活？

他絕不能讓這種憾事發生。

想再更進一步詢問，卻被對方以「天機」為由拒絕解答，連歐陽子奇承諾給出重金也無法得到任何答案，同樣地，他們也如何董一般，無法問到殷大師的聯繫方式。

再糾纏下去也不是辦法，他們只好先謝過人家。

歐陽子奇腦筋動得飛快，已在心裡盤算著該怎麼運用家族勢力找到穆丞海的親人。

離去前，穆丞海向白袍老人問道：「殷大師，你會跟我說這麼多，是因為我們有緣嗎？」說完，他眼神期待地盯著對方。

電視上都這樣演的，大師這個時候就要回答，因為他們有緣，才會在此相遇，助他度過難關。

聞言，白袍老人露出高深莫測的笑容，舉起手順了順鬍子，儼然就是電視上會出現的經典動作。

可惜，對方並沒有這麼回答，反而語重心長地說：「與其跟我有緣，你更需要的是與你的親人有緣……」

Chapter 3

強運在任何地方都很受用，尤其是分組抽籤時

離開別墅後，歐陽子奇能想到的最快方法，就是去問育幼院院長，反正暫時沒其他行程，跑一趟也無妨。

但前往育幼院的路上，穆丞海卻一直試圖勸他放棄。

「子奇，放棄吧，院長不會說的啦！」

「不試試怎麼知道，你不是從沒問過院長嗎？」

「我是沒問過，但是育幼院裡很多人都問過啊！只要有人問起，院長就會叫大家忘記過去，說育幼院就是大家的家，裡頭的人都是兄弟姐妹，照顧我們的人就是親人這些話，我已經聽過幾百遍了，不問也知道院長會怎麼回答。」

「現在的狀況不同，這攸關你的性命，好好跟院長說，應該有機會探聽到消息，哪怕只有一點點，也比現在這樣毫無頭緒的好。」

「子奇……」

看著好友為自己的事費神，穆丞海心裡暖暖的好感動。他想，親兄弟的感情就像這樣吧！

只可惜，感謝的話到了嘴邊，還是被改不了的吐槽本性污染了。

「原來你這麼在意我的安危啊！是不是終於瞭解到我的好用，捨不得我提早離開人世？」

看到穆丞海那洋洋得意的模樣，歐陽子奇也吐槽回去：「廢話！MAX要是少了你，遇到那些瘋狂的歌迷時，不就沒人出來擋了嗎？」

什麼！原來在子奇心中，他存在的價值就只有引開歌迷嗎？

穆丞海的臉當場垮了下來，不過在看到歐陽子奇上揚的嘴角時，他也明白過來好友只是開開玩笑。

「嘿嘿嘿，少來了。」穆丞海擺了擺手，一副看透偽裝的囂張模樣，「子奇，我說啊，你這種行為就叫傲嬌喔！」

傲嬌？歐陽子奇微微一愣，接著臉色陰晴不定地瞇起雙眸。長這麼大，還沒人敢這樣形容他。

正好育幼院也到了，他默不作聲，將車停好，率先下了車。等穆丞海也下車後，他突然伸手一把圈住他的脖子，祭出拳頭在他的太陽穴旁轉動。

「啊，好痛好痛！」

「傲嬌是吧，讓你體驗一下什麼叫傲嬌！」

「唉唷！好好好，我更正，你這樣不是傲嬌，是女王啦！」

「什麼女王，穆丞海，你皮很癢嘛。」轉動的力道加重。

「我知道錯了，饒命啊，老大——」穆丞海趕緊求饒，但歐陽子奇可沒打算放過他，見求饒無效，穆丞海改成講道理勸說，「要是被記者拍到怎麼辦，你的貴公子形象會破功啦！」

「放心，我剛剛注意過了，附近沒有狗仔跟拍，等進到育幼院內，就更不用煩惱這個問題了。」

「啊——」可惡，誰來救救他啊？平常不是一堆狗仔愛跟拍嗎？怎麼需要他們的時候偏偏不見「狗」影！

兩人在育幼院外的嬉鬧聲引來院內小朋友的注意，才剛到門口，穆丞海就被一群小鬼頭團團包圍，連歐陽子奇也變成孩子們攀爬的對象。

穆丞海的個性不拘小節，在育幼院裡自然相當受到喜愛，他在這裡生活了二十幾年，一直到出道後，才搬出去和子奇住，後來工作忙碌，就算心裡惦記著育幼院的大家，卻抽不出多餘時間好好陪陪小鬼頭們。

今天難得回來，雖然目的是為了問身世，但他還是先和大家玩了一會兒後，才跟歐陽子奇一起進入院長辦公室。

果然，如穆丞海所料，當他們誠懇地向院長說明來意，並將原因解釋清楚後，院長雖然依舊守著她「不能說出孩子們過去」的原則，卻寓意深長地說要告訴他們一個故事。

「要從二十幾年前說起了。」院長嘆了口氣，眼神望著遠方，有種遙想當年的滄桑，「在很久很久以前……」

「等等，剛剛不是說二十幾年嗎？很久很久以前應該是要用在幾百還是幾千年這樣的時間吧……」

穆丞海發表看法，成功引來院長和歐陽子奇的白眼。

院長沒打算搭理他，繼續說了下去。

「很久很久以前，有一個人人敬畏的國王，建立了影響力極大的黑暗帝國。國王和他的異國情人生下一名兒子，他的膚白如雪、唇紅似血，雖是個男孩，卻遺傳了媽媽的美貌。

「愜意的日子過沒多久，有一天，皇后竟從專門打探八卦的魔鏡中，得知王子的存在，還知道國王對王子非常疼愛，這讓妒心強烈的皇后深覺地位不保，便興起殺意。

「皇后暗地裡雇了一位獵人，開始了暗殺行動，也不知道是獵人太蹩腳，還是王子太幸運，雖然經歷了幾次危險，但他還是活得好好的。倒是王子的異國媽媽覺得再這樣下去也不是辦法，便瞞著國王，將王子偷偷送往森林小矮人的住處，打算先避避風頭，等到皇后死心，再將王子接回來。

「只是，人算不如天算，過了一陣子，當王子的異國媽媽以為沒事了，要去接王子回來的前一晚，獵人因為遲遲暗殺王子不成，無法交差，被逼急了的他只好先暗殺王子的異國媽媽了事。

「突如其來的意外讓王子的命運產生重大轉變，好在當初王子的異國媽媽將王子送到小矮人住處時，並沒有將小矮人的住處告訴其他人，所以就算皇后想繼續追殺王子，也找不到他的下落。

「可王子的異國媽媽也沒有告訴小矮人們國王的聯絡方式，所以直到王子長大成年前，就一直待在小矮人的住處叨擾生活，惹是生非，讓小矮人們一個頭兩個大。

「有時候小矮人會想，說好的巫婆，說好的毒蘋果呢？怎麼沒有人來讓活潑的王子安靜睡一下，乖乖等待公主吻醒他呢？

「這樣的念頭直到最近幾年，小矮人終於是解脫了……」

院長又嘆了好長的一口氣，宣告故事說完。

這……真是隨意的說故事方式啊！歐陽子奇挑起眉，海的個性跟粗神經，多半也是從院長這邊學來的吧？

「這個故事怎麼有點耳熟……」穆丞海搔搔頭，在腦中拚命搜尋關於故事的蛛絲馬跡。

「院長，這個變相版的『白雪公主』，與海的身世有關？」歐陽子奇謹慎地確認道。

啊，對，就是「白雪公主」！穆丞海握拳擊掌，恍然大悟。

「你們今天就只是來聽故事的。」其餘的，她還是秉持著「不能說出孩子們的過去」的原則，什麼都沒說喔。

「我瞭解了，謝謝妳，院長。」歐陽子奇起身，向院長道了謝。

就在這時，手機響起簡訊傳來的簡短音效，寄送者是夏芙蓉，歐陽子奇點開簡訊，內容只有簡短的幾個字：計畫已啟動！

歐陽子奇輕笑。效率真快！行動力這麼高，表示小蓉真的很喜歡丹尼爾吧。

既然計畫已啟動，公司那邊應該也差不多要來電話了。

果然，看完簡訊後沒多久，楊祺詳馬上打了過來，通知他們臨時有事要討論，希望他們回公司一趟。

歐陽子奇不加思索，立刻答應會馬上回去。因為，這正是他和夏芙蓉計畫能不能實現，最重要的一部分。

「啊？要走啦？」院長說的故事他還沒弄懂耶！真的要走了？

難得院長願意開口，穆丞海還想趁機多問一點的。

「謝謝院長，之後有機會我們會來當義工的。」歐陽子奇抓起穆丞海的手，向院長道謝後就離開了。「小楊哥叫我們回公司一趟，有事討論。」
邊朝著停車地點走去，歐陽子奇邊解釋道。
「什麼事？」
「回去就知道了。」嘴角揚起一抹笑，計畫能不能成功，就看現在了。

育幼院離公司不遠，照理說很快就能抵達，但歐陽子奇似乎存心要大家等，車速開得比平常慢，還故意繞路，中途還打給歐陽家的萬能特助傑克，交代他調查一些事。

等他們踏進公司大樓時，已經是半個小時後的事，在門口等了很久的楊祺詳馬上將他們帶進會議室。

穆丞海並不知道緊急召集他們回來是因為什麼事，會議室裡除了何董是預期中可能會在的人外，王軍浩和他的兩個兒子王希燦及丹尼爾·布魯克特的出現，倒是出乎意料。

離夏家茶會不過才三、四個小時，穆丞海再次看到王軍浩，對方散發的感覺卻完全不同了，喝茶時的他是個無害溫和的長輩，但場景一換到會議室裡，他便顯露出無與倫比的強大氣場。

那是一種又像固執藝術家，又像精算商人的特質，明明是互相衝突的身分，卻在王軍浩身上保持著微妙的平衡。

「這個案子我籌劃很久了，裡頭的角色，MAX絕對是不二人選。」

看起來，他們已經先開了一段會議，王軍浩說著，將一本企劃書推到穆丞海的面前。

穆丞海低頭一看，幾個大字映入他眼裡。

《歌劇魅影》音樂劇

原創者：安德魯．洛伊．韋伯

改編：歐陽子奇

「這是？」穆丞海不解。

「這就是我之前緊急請子奇出國幫忙的原因。」王軍浩清了清喉嚨，解釋道，

「我計畫將《歌劇魅影》改編成一部具有流行音樂元素、卻又不失原作精髓的音

樂劇，誰知原本的音樂總監花了許多時間還是掌握不到方向，我只好請子奇給他一些建議。

「本來只是想讓子奇當顧問，但是他的才華實在太驚人了，指導的方向完全就是我想要的樣子，於是就順理成章讓他成為新的總監，將整個音樂劇重新製作一遍。」

難怪，他就好奇，MAX專輯錄製的排程都快開始了，竟然還有能耐把子奇臨時叫出國，甚至讓他晚了好幾個星期才回來，原來就是因為王軍浩。

「MAX願意接受邀請，演出這部音樂劇嗎？」

「這個……只要子奇答應，我這邊自然沒問題。」左右張望了幾眼，確認王軍浩真的是在問他，穆丞海才硬著頭皮回答。

他其實很想說，關於工作的大小事，通常輪不到他決定，大部分都是由子奇判斷值不值得接，剩下的一小部分，則是何董先斬後奏亂接一些他不想做的工作。

像這種何董和子奇都在，卻還煞有介事問他意見的情況，倒是頭一次，穆丞海有點受寵若驚。

聽了穆丞海的回答，王軍浩揚起笑容。他會希望MAX演出，意圖並非那麼單純，打從一開始他就反對子奇找穆丞海組團，想要撮合子奇跟自己的兒子合作，王希燦是演員，自然毋須考慮，但是丹尼爾可是主持、演戲、唱歌都拿手的多棲藝人，他們若能組團，絕對能比現在的MAX更成功。

他之所以出資製作這部音樂劇，就是想安排子奇跟丹尼爾合作，希望藉由這個演出，讓觀眾產生子奇與丹尼爾更適合組團的想法，用輿論壓力迫使穆丞海退團。

看到王軍浩當著自己的面，先向穆丞海提出邀請，歐陽子奇的臉色有股陰晴不定的隱忍。

從當初被家裡老頭叫去幫忙指導音樂劇，卻演變成要擔任音樂總監時，他就已經憋了一肚子火。所以當音樂部分製作完畢後，他馬上回絕了接演這部音樂劇的邀約，當然連海的部分也一起回絕了。

王軍浩明知他拒絕了，還是開口再邀請海，擺明是想拿海來逼他答應。

如果是幾天前，就算何董和穆丞海都加入勸說行列，他也不會改變心意。

不過現在情況不同了。

想到夏芙蓉在車內拜託他的事，歐陽子奇揚起一抹意味深長的笑容。

「MAX 接受邀請。」

「嗯，好極了！這是個很好的開始！」雖然表面上只露出淡然冷靜的客氣微笑，王軍浩其實非常開心，他原本以為必須耗費唇舌才能說服歐陽子奇答應，眼下能順利，離他的計畫又邁進一大步。

從穆丞海這邊下手果然有用。

「何董，茱麗亞．艾妮絲頓小姐來了，正在外頭……」一名職員敲了門，走進來報告。

丹尼爾一聽到茱麗亞的名字，立刻開心地跑出去迎接，沒聽見工作人員臉色為難，說出的後半段話：「她和夏芙蓉小姐吵起來了……」

會議室外，茱麗亞．艾妮絲頓和夏芙蓉不期而遇，冤家路窄，正大眼瞪著小眼，誰也不肯讓誰。

「艾妮絲頓小姐是追小海追到這裡來了嗎？」最後是夏芙蓉率先開口，對茱麗亞．艾妮絲頓說話的口氣很和善，用詞卻帶著刺，她還故意叫穆丞海的小名，表示他們感情很好。

「我是來洽談工作的，不像某些小模，沒什麼通告演出，還老是扒著別人不放。」這「小模」是在暗諷誰，任何人都聽得出來。

「妳——！誰說我沒有通告，我可是受到王伯伯邀請，來討論音樂劇演出的相關細節！」沉住氣啊夏芙蓉，忍過這時，最後笑的人就會是妳了。夏芙蓉在心裡不斷對自己說。

原本在會議室裡的人聽說茱麗亞．艾妮絲頓和夏芙蓉吵起來，全跑出來關心。

「小蓉，這麼說，妳是答應參與囉！」提出邀請的王軍浩還沒做出反應，倒是身為兒子的王希燦又驚又喜。

「是呀！」見大家都在，夏芙蓉恢復天使笑容，甜甜回應，眼神假裝不經意地落在歐陽子奇身上，見對方微微點頭示意後，隨即移開。

「怎麼這麼熱鬧？」

帶點幸災樂禍的聲音從穆丞海背後傳來，聽見這再熟悉不過、令人作嘔的聲音，他掏掏耳朵，轉身。

唷！這不是「前」最佳男演唱人，蔣炎勛嗎？

從電影《豔陽》那時的「合作」過後，他們就沒再相遇，一段時間不見，蔣炎勛看起來頗意氣風發，絲毫未受獎項落選的影響，生活過得挺不錯的嘛！不過，沒關係，反正他再得意就這一陣子了。

他們已經調查好蔣炎勛下張專輯的預定發行日，MAX的第二張專輯準備跟他來個正面對決，穆丞海對新專輯很有信心，一定可以在銷售量上大贏蔣炎勛！

「炎勛你來啦，這樣演員陣容就差不多到齊了。」從王軍浩的話中不難理解，蔣炎勛會出現在此，應該也是獲邀參與音樂劇，「現在，只差一個飾演館長的演員……」

「其實我有一個好人選，王老如果不嫌棄，倒是可以考慮讓唐樂初參與演出。」今天從頭到尾很安分地在一旁默默擔任陪襯角色的何董，找到機會插入話題，連忙推薦。

「唐樂初？」王軍浩對這個名字有點印象，最近竄紅的後輩，外型有自己獨特的魅力，聲音低沉，屬於男音音域，確實適合演出這個角色。

「乾爹，館長這個角色不是希燦大哥要演出嗎？而且，我怎麼覺得，目前演員的人數好像有點多？」丹尼爾．布魯克特舉起手點了點在場人數，的確超出主要演員的數量。

「不，這樣剛好。既然大家都在，那我就直說了，打從一開始，我就想讓你們分兩組演出，彼此競爭。」

「分組？」穆丞海和丹尼爾．布魯克特同時開口，後者隨即厭惡地瞪了前者一眼。

「沒錯，分組競爭，勝負就由最終票房決定。」王軍浩頓了頓，掃視了一遍在場人員，「當然，既然是競賽，勝負就該有獎賞與懲罰才有趣，我提議敗的一方就接受勝方的一項條件，如何？」

除了提議的王軍浩外，其他人都頓時安靜下來，盤算起競賽方式對自己是否有利。

「好啊，比就比！」丹尼爾．布魯克特打破沉默，首先發難。

「我無所謂。」蔣炎勛雙手一攤，瀟灑表態。

「不過要怎麼分組？」何董提出疑問。

在場有將近一半的人是他旗下的藝人，萬一分組分得不好，或是因為什麼不公平的規則導致落敗，最後被外人拗了奇怪的條件，他就損失大了。

「我要跟小海一組！」茱麗亞．艾妮絲頓搶著說，若能分配在同一組，練習時間就是和穆丞海培養感情的最佳機會。

「我要跟茱麗亞一組！」丹尼爾．布魯克特亦是明瞭這個道裡，馬上跟進。

「我要跟子奇一組！」氣氛瀰漫著一股先搶先贏的意味，穆丞海也趕緊申明。

論唱歌，在子奇長期嚴格訓練下，他對自己的實力有信心，但音樂劇還包含演戲，即使拍過電影，也得了新人獎，他多少還是對演戲存著恐懼，如果能跟子奇分在同一組，他會安心些。

「我要跟丞海一組！」夏芙蓉也喊道。

前幾個人希望和誰同組，其背後原因都好理解，但夏芙蓉的希望卻令人意外，不管怎麼想，她應該希望能和子奇同組才對，怎麼會喊出要和穆丞海同組？以致於當夏芙蓉喊完後，大家都不解地看向她。

其實，夏芙蓉是想跟丹尼爾．布魯克特同組的，卻又不好意思當著每個人的面前明說，只好先搶穆丞海。畢竟丹尼爾想跟茱麗亞一組，茱麗亞想跟穆丞海一組，那麼她搶過丞海，也等於搶到丹尼爾。

「妳沒事搶什麼丞海，如果不是跟丞海一組，我就不演了！」茱麗亞氣急敗壞地道。

「茱麗亞不演，我也不演！」丹尼爾再度跟進。

對於分組一事，王希燦和唐樂初則是聳聳肩，他們沒有一定要和誰一組，只是王希燦和夏芙蓉熟，如果可以，和她合作會比和茱麗亞．艾妮絲頓合作來得有默契。

「不如這樣吧，大家也別爭了，就用抽籤決定如何？」王軍浩揉揉發疼的額際，按他原本計畫，最希望的組合是讓丹尼爾、王希燦、歐陽子奇一組，製造出他們默契極佳的感覺，但看這一團混亂，他也不好強硬決定，採取抽籤的方式，或許是最能讓大家心服口服的方式。

「先說好，抽籤的結果，大家不得有異議。」王軍浩說完，丹尼爾．布魯克特也不再堅持了，一副挺乾爹到底的模樣。

最後名單出爐，結果是幾家歡樂幾家愁。

角色與分組名單如下——

A組

魅影：歐陽子奇

克莉絲汀：茱麗亞．艾妮絲頓

公爵：穆丞海

館長：唐樂初

B組

魅影：丹尼爾．布魯克特

克莉絲汀：夏芙蓉

公爵：蔣炎勛

館長：王希燦

丹尼爾．布魯克特和歐陽子奇因為音樂實力、經驗都比其他人豐富，便各自擔任組內的舞臺總監。

看著這份名單，每個人心裡都各自有著盤算——

穆丞海：「嘿嘿！我一定要獲勝，到時候我要蔣炎勛在各大報用全頁刊登，對他在我飲料裡下藥的行為公開道歉！」

歐陽子奇：「如果可以，在演出過後，就要求王伯伯徹底打消讓 MAX 拆夥的念頭吧！」

茱麗亞．艾妮絲頓：「有子奇跟海在，我們這組一定會獲勝，趁這個機會給丹尼爾一個下馬威，順便把他趕回國，不要阻礙我跟丞海交往了，嘻嘻～」

丹尼爾．布魯克特：「我一定要獲勝！只要我獲勝，茱麗亞小寶貝自然就繪臣服於我的魅力啦！那個穆丞海也會知道他跟我的差距有多大，然後知難而退，哈哈哈哈哈～」

夏芙蓉：「如果贏了，我一定要叫茱麗亞那隻狐狸精離子奇還有丹尼爾遠一點！」

蔣炎勛：「這是一個要求MAX下跪認輸，退出演藝圈的絕佳機會啊！」

離開公司後，歐陽子奇開車送夏芙蓉回家，穆丞海便自己先帶著劇本與需要練唱的歌曲，搭經紀人的便車回到住處。

到家後，一打開門，就見外出旅遊好一段時間未見的林豔青，坐在沙發上悠哉地看著電視，嘴裡嘖嘖有聲地念著：「最近的新聞好精彩啊～」

「豔青姐，妳回來啦，古蹟之旅好玩嗎？」相隔許久再見，穆丞海沒有露出興奮神情，反而只是隨口問著，神情有些無精打采。

稍早，趁著搭小楊哥便車的空檔，他大略瞄了一下劇本，才發現他將演音樂劇想得太簡單了。演電影NG可以重來，舞臺上可沒什麼演錯了再來一遍的機會。

想著想著，他頓時壓力就大了起來。

隨手將劇本朝桌上一丟，穆丞海走進廚房，打開冰箱拿了灌冰啤酒，一飲而盡。

「這是？」

劇本封面的魅影照片吸引了林豔青的注意，她翻開劇本，電視也不看了，花了點時間仔細地研究一遍，當她看完時，穆丞海還癱在沙發上發懶，動都不想動。

「這東西改編得滿有意思的，不過，是誰這麼有膽識，竟敢找你演音樂劇？歌曲演唱的部分是沒問題啦，但是戲份看起來也頗吃重耶，你行嗎？」林豔青狐疑地睨著穆丞海，他的演技算是她教出來的，徒弟有幾兩重，身為師父的她豈會不知。

「喔，這是王軍浩伯伯出資的音樂劇。」

「王軍浩？」林豔青聽聞後，不以為然地哼了聲，「那隻老狐狸在打什麼如意算盤？他不是有個兒子也在演戲？我記得好像叫什麼希燦的，唱歌也還行，從童星時代就赫赫有名，怎麼不找他演？」

「王希燦也有演，連王伯伯的乾兒子都加入了。」

於是，穆丞海將分組競演《歌劇魅影》，以及最後的抽籤過程，一五一十地告訴林豔青。

「丞海，你跟王軍浩有過節？」聽完後，林豔青毫無遲疑地直接反問。

「過節？沒有吧！事實上我跟王伯伯不太熟。」穆丞海搔搔臉頰，「我想應該是因為子奇的關係，他才會順便找我演出的。」

他突然憶起當初在「金鶴獎」的慶功晚宴上，王軍浩似乎就預告了要找他演出的事，只是他還不知道是指《歌劇魅影》的改編音樂劇。

「丞海，你要小心王軍浩這個人。」

林豔青還活著時，對王軍浩相當感冒，現在自然不想自家徒弟吃了對方的悶虧，於是諄諄告誡，將自己認識的王軍浩告訴他。王軍浩的事蹟很多，但簡單一句話總結就是——他是隻老狐狸，為達目的，可以不擇手段！

「如果是這樣，這次比賽說什麼我都不能輸了。」

討論過後，師徒兩人得出結論，王軍浩應該是想拆散MAX，好讓丹尼爾跟歐陽子奇組團。穆丞海既不想和歐陽子奇拆團，也不喜歡丹尼爾的為人，因此，他完全沒有退路可走。

「豔青姐～」穆丞海賊賊笑著，既然他不能輸，當然就得做好最萬全準備，「這劇本……就麻煩妳囉！」

「你把我當什麼？劇情翻譯機嗎？」林豔青冷不防掏出一把薄木片製成的扇子，直接往穆丞海頭頂敲下去。

這久違的痛，實在是……好懷念啊……

「茱麗亞，妳不會唱歌？」

A組的練唱室裡，聽完茱麗亞的試唱，穆丞海算是大開了眼界，那五音不全的歌聲，雖然算不上完全的音痴，但其實也只比音痴好上一點點而已。

面對穆丞海的吃驚，茱麗亞．艾妮絲頓的態度反倒瀟灑，她甩甩長髮，不甚在意地聳聳肩，「有一個演戲的專長我就不愁吃穿啦，會不會唱歌很重要嗎？」

其實，就算她連演戲這個專長都沒有也無所謂，光是有一個國際知名的電影公司總裁老爸，原本就夠她不愁吃穿了，她的演技實力就更不用提了，沒幾個女藝人比得上。

「那妳還敢接下這個音樂劇！」這不就和他當初不會演戲，卻去演電影一樣嗎？不，電影還能靠剪片，音樂劇可沒有重來的機會，在舞臺上唱得好或不好，就是一翻兩瞪眼的事。

穆丞海慘叫，這可是攸關「敗方要答應勝方一個條件」的競賽耶！若是因為茱麗亞的歌喉而輸掉，豈不是太冤枉了。

不過……穆丞海看向歐陽子奇，納悶一向對音樂要求完美的好友，為何一副輕鬆樣，難道是已經放棄了？

「子奇，你倒是想想辦法，以茱麗亞這樣的歌唱程度，還沒比我們就已經輸了啊！」

「你聽過小蓉唱歌嗎？」歐陽子奇好整以暇地回問。

「……沒有耶！」仔細想想，他們認識這麼多年，好像都沒聽過夏芙蓉開口唱歌。

「我認為，在女主角的歌喉這點上，兩邊的立足點是相同的。」

「小蓉……」丹尼爾．布魯克特撫著額，難以置信情況如此悽慘，「如果妳想穩固子奇未婚妻的地位，憑妳現在的狀況，恐怕很難。」

B組的練唱情況。

為了獲勝，丹尼爾．布魯克特不得不認真地與夏芙蓉站在同一陣線上，他勢必要贏得這場比賽，然後要求穆丞海遠離他的茱麗亞寶貝。等他跟茱麗亞在一起後，子奇和小蓉自然也就不用再受外頭的流言蜚語所擾，算是順道幫了這兩個從小就認識的好友們一把。

「我知道，我當然知道！」夏芙蓉對自己的歌喉十分瞭解，要在心儀的人面前用這麼難聽的聲音唱歌已經夠讓她無地自容了，偏偏一路練唱下來，竟然毫無進步，她都不知道如何是好了。

夏芙蓉還沒打算跟丹尼爾告白。更正確地說，在不能確定丹尼爾也喜歡她之前，她根本就沒有告白的勇氣。如果被拒絕，她絕對沒辦法接受打擊，並且還要假裝若無其事，繼續和他當朋友。

於是，她想出一個方法，讓子奇配合她演出一對還在冷戰的戀人，然後她告訴丹尼爾，希望丹尼爾在子奇面前裝作與她很親暱，藉此引起子奇的嫉妒，這樣子奇便會明白自己有多愛她，如果不對她好，就可能會失去她。

實際上，夏芙蓉是想藉此這個機會，讓丹尼爾漸漸喜歡上她。

「你有什麼好方法嗎？你在國外的音樂成績這麼好，才華絕對不輸子奇，一定有辦法在短時間內讓我的歌聲進步吧？」夏芙蓉重整好心情，朝丹尼爾眨眨眼，一副全放心交給他的表情。

「這……我只能走一步算一步，盡量幫妳了……」

「魔鬼！」茱麗亞．艾妮絲頓咒罵一聲。

她演過如此多部電影，還沒有哪個導演敢在演出時這樣訓她的。

但面對歐陽子奇的氣勢，她卻只敢小小聲地抱怨，就怕被歐陽子奇聽見，不過在她旁邊的穆丞海倒是聽得一清二楚。

子奇對於工作的要求之嚴格，穆丞海早就習以為常，這種程度還只是小菜一碟，最經典的還沒開始呢！

「兩位演出《豔陽》時，是全程替身上場嗎？」

來了！子奇的毒舌……

「當然不是！」茱麗亞．艾妮絲頓馬上否認。

看到她回嘴後，穆丞海更是決定管緊自己的嘴巴，默默在一旁看戲就好。根據以往的經驗，越回嘴就會被教訓得越慘。

「看來後製團隊實力很強。」

「當然！史蒂芬．墨本導演的團隊成員都是頂尖高手，是全球數一數二的超強團隊。」史蒂芬．墨本是她爸爸電影公司裡的大導演，聽到他的團隊被「稱讚」，茱麗亞．艾妮絲頓覺得與有榮焉，頭一甩，頗洋洋得意。

「確實，因為後製相當成功，該掩飾的部分都巧妙地掩飾掉了。」

「你……」茱麗亞．艾妮絲頓這才聽出來歐陽子奇是拐了個彎暗指她沒演技，氣得想要回罵，但他緊接著分析茱麗亞．艾妮絲頓的缺點，一針見血，又讓她無法反駁。

「〈Think of me〉是《歌劇魅影》裡頭，女主角第一次展現歌唱實力的地方，前半段她在眾人的懷疑中開唱，加上她本身沒有公開演出的經驗，會給人怯生生的印象，後半段則需要強大的歌唱實力支撐，表現出讓人為之一亮的歌喉。

「妳的唱歌技巧生澀，本就可以自然呈現前半段，若是後半段靠妳的演技來引領觀眾，應該也不至於太差，但妳現在的表演方式太過自信了，這股自信超出妳實際的歌唱技巧太多，反而會突顯歌唱實力的不足，還讓一開頭的部分變得遜色。

「演技是妳的強項，也是妳可以勝過另一組女主角的武器，但我沒看到妳好好發揮它。」

面對歐陽子奇毫無保留的剖析，穆丞海還以為只有自己會思考打結，反應打結，連帶舌頭也跟著打結，原來不是只有他會這樣，連平常舌燦蓮花的茱麗亞・艾妮絲頓也同樣說不出半句話。

只能說子奇的氣勢實在太恐怖了！和他對上，除了頭腦要能保持絕對清晰，對自己極端有自信外，還必須要對相關領域瞭解透澈，才有辦法不吃癟。

難得看到茱麗亞．艾妮絲頓困窘的樣子，穆丞海忍不住竊笑出聲，但高興沒幾秒，他就後悔了。

「海，你可以再狀況外一點。」砲口瞬間就轉到穆丞海身上，「情感表達的方面我就不說你了，但短短八個小節，你是要走幾個音？這是拿下『最佳男演唱人獎』的人該有的表現？」

呃……好吧，他承認剛剛注意力都放在做情緒上，有時候太激動，氣息控得不穩，音就跟著偏了。

「子奇，你是想締造壓倒性的勝利嗎？」茱麗亞．艾妮絲頓問。

若真如他所言，夏芙蓉也是個大音痴，她的演技又大勝對方，根本就贏定了嘛！為何還如此嚴格地雕琢他們的表演呢？

「站上舞臺，你們要在意的對象，就只有來看表演的觀眾，獲勝這件事，只是順便。」

歐陽子奇的言語中，是自信，也是對經手作品絕對負責的態度。

「不過，有一點我想妳可能搞錯了，蔣炎勛實力不弱，希燦也是能演能唱，要贏過他們並沒有妳想像中的輕鬆，尤其他們還有掌握全劇關鍵的丹尼爾，他認真做出來的東西，結果都相當驚人。」

子奇的意思是，丹尼爾．布魯克特其實是很有實力的嗎？

「如果大家都是拿出自己的最佳表現，那麼兩組的整體實力應該是旗鼓相當的。這次的遊戲規則是以單一場的票房決定勝敗，兩邊還是同時開演，我認為，影響最後成敗的關鍵，或許不在表演人員身上，而是在表演地點。」歐陽子奇繼續分析。

「地點？」

「嗯，簡單說，如果演出的地點是在國內，MAX的名氣比丹尼爾高，觀眾對我們這邊的表演興趣高於對方，票房對我們比較有利，但如果是在國外，就不一定了，畢竟丹尼爾跑過的國家比我們多太多。」

聽完這一番話，穆丞海頓生危機意識，「地點決定了嗎？王伯伯會不會故意選一個對丹尼爾有利的地點啊？」

「這很難說。」

歐陽子奇心想，以他對王伯伯的瞭解，雖然他會用些對自己有利的方法來達到目的，但這場競賽如果偏頗得太過明顯，是不可能讓敗方輸得心服口服的，或許反而會因此選擇最公平的方式來決定場地。

「另外，海，你最近的運動量是不是不太夠？」

運動量？怎麼了嗎？他是有縱容自己吃了幾次宵夜，難道是小腹跑出來，還是身體線條跑掉了？

穆丞海趕緊低頭檢查腹部。

「你的尾音都飄掉了。」

歐陽子奇露出似笑非笑的表情，頓時讓穆丞海心中警鈴大作，暗叫不妙。

「看來是太久沒有鍛鍊身體了。」他看了眼手表上的時間，「繼續在練唱室勉強練下去，進步也不大，不如現在就去吧。」

果然！穆丞海嘴角一抽。

「還有，帶著茱麗亞一起吧。」

「去哪？」他們提到運動量，是要去健身房嗎？茱麗亞．艾妮絲頓一臉疑惑地看向歐陽子奇，見他已經開始收東西準備離去，完全沒有想要向她解釋的跡象，她只好轉向穆丞海尋求解答。

「妳知道公司後面那座山上有間神社嗎？」穆丞海反問道。

「聽說過。」茱麗亞．艾妮絲頓越來越困惑，提神社做什麼？

「那妳知道神社以什麼聞名嗎？」

「好像是……有求必應？」

「嗯。」穆丞海點頭，此時，歐陽子奇和他們道了再見，逕自走出練唱室離開，

「那妳知道在『求』之前，要先做什麼嗎？」

「不知道。」這她倒是沒聽說了。

「要先爬兩百多階的樓梯上去。」

「……告訴我這個做什麼？」而且，為何小海開始在練唱室做起暖身操？

「那就是我們現在要去做的事——爬階梯，鍛鍊肺活量。」這是他上一張專輯錄製時的惡夢，每天進公司前都要先去爬個好幾趟，當作開嗓。

「等等！既然要鍛練肺活量，為什麼子奇不用訓練？他的魅影戲分也很吃重耶！」沒道理舞臺總監光命令別人，自己偷懶不做呀！

茱麗亞．艾妮絲頓開始後悔剛才沒有阻止歐陽子奇離開。

「因為他各方面都很完美。」

而且子奇唱歌的完美是機器調不出來的。機器只能調出音準，但調不出聲音在情感表達上的豐富與細膩，子奇的聲音是那種充滿靈氣的自然完美，穿透力十足。

只是，他向來對寫詞作曲的興趣高過唱歌，也不想太紅，讓大家對自己的注意力擺錯地方，所以專輯裡的主唱部分都交給穆丞海，自己只擔任合唱輔助，才會讓人忽視了他完美的歌唱實力。

寰圖娛樂公司的會議室裡，王軍浩將參與《歌劇魅影》音樂劇演出的主要人員召集過來，這陣仗，應該是有大事要宣布。歐陽子奇觀察丹尼爾．布魯克特和王希燦，見他們滿臉疑惑，顯然也不知道王軍浩要宣布什麼。

「今天把大家找來，是要宣布《歌劇魅影》音樂劇的演出地點。」

穆丞海坐在離王軍浩最遠的座位上，剛好可以將所有人納入眼底，在王軍浩說出今天集合大家的目的時，他看見丹尼爾．布魯克特和蔣炎勛同時換了個姿勢，神態緊張，可見他們也十分清楚「地點」對於這次競賽勝敗的影響。

「為了公平起見，《歌劇魅影》的競演地點，要移往對各位都不熟悉的國家，並在當地的國家劇院——拜桑歌劇院演出。」

「拜桑歌劇院？」

穆丞海的右邊坐著歐陽子奇，左邊座位則是空著，身後也沒站半個人，所以當這句話從他左後方飄傳出時，他嚇了一跳，膝蓋硬生生地撞上會議桌的桌面底部，發出好大一聲撞擊聲。

所有人都轉頭過來看他。

「對……對不起。」穆丞海尷尬道歉，同時，他用眼角餘光偷偷瞥了眼身後，果然站著一隻鬼，不過，還好這隻鬼他認識，目前的樣子也不恐怖。

等到大家的注意力又回到王軍浩身上，專心聽他講解出發時間等等相關細項後，穆丞海不著痕跡、小小聲地問著已經坐到他左邊空位的女鬼：「豔青姐，妳怎麼來了？」

「我好奇，想早一點知道競演的地點嘛。」

那麼，大大方方從門口走進來不行嗎？突然在背後出聲，會嚇死人耶！

「看來，這次的演出對你來說，會非常刺激呢～」林豔青詭異地笑了起來。

聞言，穆丞海一愣，豔青姐會這麼說鐵定有她的原因，而且他直覺一定跟他的陰陽眼脫不了關係。

「豔青姐，這次競演妳要陪我去嗎？就當作是出國觀光……」

有豔青姐在，比請神佛保佑更有用啊！豔青姐生起氣來可是人見人怕，鬼見鬼逃。

「我才不要！」林豔青想也沒想，直接回絕，斷了穆丞海的求救念頭，「上次看的連續劇，第二季要開播了……」

他的安危，竟然輸給一部連續劇！

不管穆丞海怎麼拜託，豔青姐就是不肯告訴他拜桑歌劇院怎麼了，他在網路上查了半天，也沒有查到任何關於拜桑歌劇院的奇怪線索，害他這幾天一直帶著忐忑的心情，吃不好睡不好。

就在今天，所有劇組人員抵達了拜桑歌劇院。

焦躁的情緒在看到歌劇院的雄偉外觀後，瞬間轉變為讚嘆。

這就是他們要演出的地方嗎？真不愧是國家劇院，網路上的照片都無法完整呈現出它實際的壯麗。

想到可以站上這種舞臺公演，穆丞海不禁熱血沸騰起來。

只是，熱血的情緒持續不了多久，當他們一踏入歌劇院內後，穆丞海瞬間背脊發涼。

「這座歌劇院……發生過什麼災難嗎？」他喃喃自問，有股想昏倒的感覺。

因為，他竟然看到歌劇院裡，出現許多全身燒焦的人！

Chapter 4

拜桑歌劇院

距離競演日期還有一個月。

在搬進歌劇院提供給劇組人員住宿的房間後，A、B兩組人馬便各自進行準備工作。

第一天，歐陽子奇讓演出人員放了一天假，可以自由活動，用意是讓他們調整時差，同時熟悉環境，以便在競演當日拿出最佳表現。

相反地，歐陽子奇卻立刻投入監製工作，根據舞臺的實際大小及狀況，和工作人員一同將設計圖做細部調整。

茱麗亞．艾妮絲頓早就習慣在世界各地跑來跑去，沒有時差問題，一大早就興高采烈地購物去了。

穆丞海和唐樂初對購物沒什麼興趣，就相約在歌劇院裡到處閒晃。

在全世界的歌劇院中，拜桑歌劇院雖然算不上前幾大，但其悠久的歷史與建築風格，都讓它一再地被媒體提起。歌劇院的整體設計十分奢華麗緻，廊上牆壁雕刻著許多栩栩如生的雕像，看得出設計者獨到的品味，實際置身其中，更能感受到它散發出的古老韻味。

只是，對於一座擁有幾百年歷史的歌劇院來說，有些地方看起來太新了一點，像是剛建好沒多久。

穆丞海和唐樂初四處遊走觀賞，並且親切的與路上遇到的工作人員打招呼，他本來想繞到丹尼爾那裡去看他們排練，順便探查一下敵情，但想想如果這麼做，即使最後獲得勝利好像也不太光彩，於是作罷。

整座歌劇院以一個中庭花園廣場分隔為前後兩區，前半區有維娜和奧汀兩個館，主要都是當演出廳使用，後半區則是黑爾和伊利雅兩個館，黑爾館是員工宿舍，伊利雅館則是堆放物品的倉庫，當穆丞海與唐樂初在前半區逛的時候還沒有什麼特別感覺，但是越往後半區走，除了光線沒有前半區充足外，溫度也明顯越來越低。

穆丞海還發現這間歌劇院裡的鬼魂真不是普通的多，而且，其中有的像是工作人員，不斷在歌劇院內忙進忙出，有的像是觀眾，盛裝打扮，和他跟唐樂初一樣，在走廊間漫步遊走，觀賞環境。

但奇怪的是，昨天還到處遊蕩的鬼魂，今天開工後，幾乎都沒在前半區出現了，似乎是刻意把工作空間留給他們，不來打擾。

越往後半區走，鬼魂數量越多，從擁有陰陽眼開始，穆丞海還沒見過有哪個地方比這裡的鬼魂還密集的。他其實不太想繼續深入，卻想不到合適的理由打斷唐樂初的前進路線，只好繼續裝作沒事，在閒聊之際，不著痕跡地帶著她閃過許多迎面而來的鬼魂。

走著走著，一扇突兀的深紅色大門吸引他們的注意，穆丞海好奇地走過去，伸手將門打開，一顆頭顱冷不防地迎面飛來。穆丞海連忙後退一步，並往旁邊閃開，他才剛要伸手拉住唐樂初，卻發現她早一步跟自己閃往了同個方向。

看著那顆頭顱飛遠後，穆丞海轉頭，瞧見唐樂初的眼神也是驚恐地盯著那顆頭顱的方向看，他忍不住開口問：「妳……看得到？」

「你……也看得到？」

「呵呵……是啊……」穆丞海乾笑起來，有這樣的共同點，他都不知道該不該高興了，「妳是因為遇到什麼意外而有陰陽眼的嗎？」

「不是，我天生就看得見。」雖然如此，但看了二十幾年，唐樂初還是沒法習慣自己的陰陽眼，更無法用平常心去面對那些鬼魂，「聽你的說法，你是因為意外囉？」

「嗯，沒錯。」穆丞海將自己因為鷹架倒塌受傷，在醫院裡突然看得到鬼魂的遭遇說了出來。

唐樂初對當時的報導有印象，大家都當穆丞海在開玩笑，結果竟是他真的在醫院看見鬼魂。

「話說回來，你不覺得這間歌劇院裡的鬼異常地多嗎？」

「我從剛剛就一直在想，會不會是這裡發生過意外？」

「很有可能。如果不是意外，那就是蓋在亂葬崗上頭了。」

「我們在這裡演出，不會有事吧？」

穆丞海和唐樂初同時沉默，因為他們都無法篤定的說出「不會有事」這四個字，甚至心裡還覺得會出事的可能性不小。

「不如，我們到附近晃晃，看能不能探聽到這間歌劇院的祕密吧！」

基於一股好奇心，穆丞海和唐樂初決定先從拜桑歌劇院附近的街道展開調查。

他們跑了好幾間店家，也問了路人，驚訝地發現，原來拜桑歌劇院雖然聞名，這十幾年來卻少有演出，幾乎呈現閉館狀態，就算偶爾有劇團計畫在這裡表演，頂多也只有進行到館內練習的階段，後來就不了了之。

進一步追問詳細原因，大家都搖頭說不清楚。

這就奇怪了，拜桑歌劇院的場地租借費用並不便宜，那些劇團都到了實地排練的階段，為什麼會在最後關頭放棄？

「我們去那間古董店問問吧。」調查陷入膠著，唐樂初指著不遠處一家古董店說。

其實，她更想去酒館之類的地方打聽消息，因為線上遊戲都是這樣設定的，想知道下一關線索時，就要去酒館找NPC對話。

總之，歌劇院附近正好沒有酒館，唐樂初只好挑一個看起來比較像是會藏著破關線索的地方，碰碰運氣。

踏進店裡，一股冷氣混著淡淡霉味撲鼻而來，讓穆丞海不舒服地連打噴嚏。

唐樂初走到櫃檯前，向老闆說明來意，古董店老闆嘆了口氣，瞬間唐樂初彷佛看見老闆的身上出現一行可以用滑鼠點擊的字，按下去之後就會出現對話框，老闆便開始說起拜桑歌劇院的過去。

「以前吶，拜桑歌劇院在館長普尼・林・賽洛斯的用心經營下，可是個很熱鬧的地方……直到一場火災發生。那天，歌劇院正在演出《歌劇魅影》，主演魅影的正是當時最受歡迎的館長賽洛斯本人，所以場內是滿席的。傷亡因此變得非常慘重，觀眾加上工作人員總罹難人數超過百人，連館長也在火場中喪生。歌劇院閉館整修了好幾年，再開館後，就變成現在這個樣子了。」

「這是真的嗎？可是我在網路上怎麼沒看到火災的消息？」穆丞海可是對拜桑歌劇院認真做過功課的。若是出發前知道這件事，他一定會想盡辦法說服王軍浩更改演出地點。

「這是千真萬確的事實。當時這裡的網路並不普及，而且事後也極少人願意再提起這個令人哀慟的災難，人們開始淡忘，大概也只剩像我這種年紀，又是一直住在歌劇院旁邊的人，才會偶爾在夜深人靜之時，悼念這段傷心的往事吧。」

老闆說著，拿出一本二十年前的《歌劇魅影》宣傳本，裡頭有賽洛斯館長及其他演員的照片，還有一些舞臺劇照。

穆丞海和唐樂初認真地看著，但隨著翻閱動作，心裡卻越來越毛，因為有幾張照片裡的工作人員，他們確實都在稍早的走廊上遇過，這表示從火災發生過後，罹難者根本沒有離去，都還留在歌劇院內！

「對了，你們的演出實力很好嗎？」老闆突然語帶神祕地問。

演出實力……這……穆丞海尷尬一笑。

大部分的演出者實力是不錯啦！但是女主角就……

「還可以吧。」這顯然是相當含蓄的說法。

「如果你們的演出不到精彩絕倫的地步，勸你們還是取消表演比較好。」

取消？穆丞海和唐樂初互看一眼，同時覺得古董店老闆的這個建議相當不可思議，在全部人員與道具都已經到了現場的此刻，怎麼可能說取消就取消呢？少說也是幾百萬的損失！

但看老闆的表情，又不像是隨便建議。

「有些觀眾對演出水準相當要求喔！如果看到二流表演，不是給個噓聲就能了事的。」見他們有所遲疑，老闆好心再補充道。

「謝謝你的忠告，我們會認真考慮的，那就不打擾你做生意，先離開了。」

「不客氣，再見，願你們一切安好順利。」

唐樂初跟古董店老闆道了謝，和穆丞海一起走出店外，湛藍的天空點綴著幾朵白雲，卻在他們抬頭仰望時飛過一群烏鴉，不吉利地嘎嘎叫著。

「我怎麼覺得，老闆說的觀眾，不是指會買票進來看的那些。」

「呵呵……」唐樂初尷尬一笑，她也頗有同感，「希望我們能平安完成這場競演。」

受到古董店老闆的影響，當天夜裡，穆丞海躺在床上翻來覆去睡不著，總是擔心著會有鬼魂來鬧他。

這種時候，他就特別想念豔青姐。

雖然豔青姐的脾氣不太好，但在她住進來後，家裡幾乎就沒看過其他鬼魂出沒了，就算偶爾有幾個不長眼的孤魂野鬼誤闖，也會被豔青姐的大嗓門轟出去，有豔青姐坐鎮，他是夜夜好眠。

要知道，在豔青姐住進去之前，「鬼壓床」對他來說是家常便飯。

一般人被壓，頂多感覺到自己意識清楚，身體卻動彈不得，就已經算是很恐怖的狀況了，可是他的被壓，是那種只要不小心睜開眼睛，就真的會看到有鬼坐在他身上啊！

現在的處境，就像回到當初的慘狀，睡得提心吊膽。

穆丞海就這樣帶著忐忑的心情熬到天快亮時才勉強進入夢鄉，因此，當他再度睜眼，已快到表定的排練時間。

匆匆盥洗完畢，穆丞海趕到他們這組的演出大廳，只見裡頭聚集了許多人，臉色相當凝重。

「發生什麼事？」穆丞海小心翼翼地閃過人群，捱到唐樂初身旁探問。

「一早大家來到這裡時，發現舞臺上的布景都擺好了。」

「都擺好了？不是說今天只是先練習走位，還沒要上布景嗎？」

工作人員的效率也太高了，才一天的時間，布景就全弄好了！

「這就是奇怪的地方。」唐樂初壓低音量，附在穆丞海耳邊說，「而且布景跟道具的擺設位置，根本不是照子奇安排的放，工作人員說他們並沒有把布景擺上去，昨晚這個大廳是鎖上的，只有子奇和丹尼爾才有整個歌劇院的鑰匙，大廳的鎖頭也沒有被破壞，其他人在上鎖的情況下根本進不來。」

「所以……是丹尼爾派人來鬧場嗎？」

「如果真的是丹尼爾半夜偷偷叫人進來放的倒還好，但我實在想不出來丹奇爾這麼做有什麼好處？而且子奇剛剛去找丹尼爾確認過，他們那廳也發生同樣的狀況，現在兩邊都在互相懷疑。」

「小初，妳會不會覺得，這個布景的擺設方式很眼熟，很像……」穆丞海搜尋著腦袋裡的記憶，昨晚沒睡好，他的反應並沒有那麼快，只是隱約有個模糊的印象。

「很像我們在古董店時，老闆給我們看的照片上，二十年前演出的那場《歌劇魅影》的布景，是吧？」唐樂初接著幫他把話說完。

「妳也有這種感覺？」

「不是感覺而已，你看——」唐樂初將宣傳本遞給穆丞海。

稍早在她產生懷疑時，就去古董店向老闆商借了宣傳本。老闆一開始還不太願意，畢竟絕版的宣傳本是很有收藏價值的，要是被弄不見，就算有錢也買不到。是唐樂初說他們想參考前作，重現當時的華麗景象，老闆才勉為其難答應借給她的。

穆丞海接過宣傳本，不看還好，這一看，差點將宣傳本掉在地上。

唐樂初已經先一步將宣傳本翻開，對照之下，穆丞海發現臺上的布景擺設方式根本和二十幾年前一模一樣。

「是『那些』工作人員擺上去的？」

不需要多加解釋，唐樂初立即就明瞭穆丞海指的是什麼，「應該是吧。」

換個角度想，他們也算盡責了，就算在火災中喪生，還是不忘繼續生前的工作，見他們要演出《歌劇魅影》，還熱心地連布景都幫他們準備好。

穆丞海打了個哆嗦，只是這個好意他實在承受不起。

「子奇，布景的事晚點再追究吧！」穆丞海將宣傳本合上，交還給唐樂初，然後走向歐陽子奇。

「發現什麼問題了嗎？」

本想將實情解釋清楚，但現在大家都站得近，還擺明了都豎起耳朵在等著聽他說，怕實情會引起恐慌，穆丞海只好先附在歐陽子奇的耳邊，簡短說了句：「問題很大，但是現在人多，晚點說。」

歐陽子奇是瞭解穆丞海的，見他此刻的態度，猜到事情十之八九是跟鬼怪有關，因此決定不再追問。

「距離競演的日子已經剩沒多少，大家就先當這些布景不存在，按照我們原本的進度，開始排練走位吧！」歐陽子奇拍了拍手，果斷宣布。

既然舞臺總監都已經這麼說了，就算大家心裡還是有很多疑惑，也只能暫時擱著，開始進行排練。

一段時間過後，歐陽子奇見大家走位的練習狀況不錯，於是決定趕些進度，配上音樂排練演唱部分。

意外就這樣發生了。

當來到第三幕，茱麗亞．艾妮絲頓的第一首演唱曲時，在她位置正上方的舞臺燈突然掉了下來，和她演出同一幕的的穆丞海雖然先發現，但根本來不及提醒！

就在舞臺燈即將砸在茱麗亞身上時，她的身體突然以一種詭異的方式往後頭飛去，而舞臺燈就在她原本站立的地方摔個粉碎，發出震耳巨響。

這種大型舞臺燈相當笨重，又從那麼高的地方掉下來，要是真的砸中茱麗亞，後果將不堪設想。

原本茱麗亞．艾妮絲頓還不知道事態的嚴重性，身體飛起來那一瞬間，她甚至還有股飄飄然的舒適感，連著地的時候，也是優雅地站立著，直到看見眼前碎裂的燈具殘骸，她才知道害怕，雙腳發軟，跌坐在地。

幾個先回過神來的工作人員趕緊跑到茱麗亞身邊，關心她有沒有受傷，茱麗亞一臉驚魂未定，嘴巴張合了半天，半個字都擠不出來，工作人員只好先將她攙扶到觀眾席去休息，有幾個人在身旁安慰她，直說她幸運。

真的只是幸運嗎？穆丞海跟唐樂初知道並不是那麼回事，這一切並不是意外，舞臺燈之所以會掉下來，是因為上頭有一個工作人員模樣的鬼魂在搞鬼，在穆丞海抬頭與他對上眼時，對方還一副非常扼腕的模樣，並對他咧嘴一笑。

至於茱麗亞．艾妮絲頓之所以會向後飛……

穆丞海再看向現在正站在舞臺後方的另一道鬼魂。

一襲筆挺合身的燕尾服，長髮梳理整齊地束於腦後，臉上戴著一個只要稍微知道《歌劇魅影》都能依此認出他身分的白色面具。

對方發現穆丞海正盯著自己看，禮貌地向他一鞠躬，舉手投足間自然流露出一股英倫紳士風範，接著，他摘下臉上的面具。

穆丞海認得那張臉，那正是二十年前在火災中喪生的館長，也是當時在臺上飾演魅影的普尼．林．賽洛斯。

穆丞海還搞不清楚是怎麼回事，只見賽洛斯抬頭看向天花板處，一改先前儒雅，渾身散發出高貴冷傲的氣息，他厲瞪了上頭鬧事的工作人員一眼。

工作人員害怕地瑟縮一下，接著消失不見，穆丞海低頭再看向賽洛斯時，也已經失去蹤影。

「小海！」唐樂初快步走到穆丞海身旁。「你沒事吧？」

舞臺燈落地時雖然有玻璃碎片飛濺開來，但他站得還算遠，並沒有被波及。

「我沒事，我會將整個經過告訴子奇，看來大家都得小心一點了。」

排練被迫中斷，穆丞海支開所有人，將歐陽子奇拉到一間辦公室裡，謹慎地連門都鎖上，然後將自己看到的經過，一五一十轉述給歐陽子奇。其中亦包含了他與唐樂初調查到的歌劇院大火意外，以及布景的擺設與宣傳本相同的這個「巧合」。

歐陽子奇臉色一沉，歌劇院鬧鬼本不是值得大驚小怪的事，如果能相安無事，就算走廊上到處都是鬼魂來來去去，對演出也不會造成影響，但現在可不是如此，被鬼魂弄掉的舞臺燈差點砸傷茱麗亞，他們也就無法再睜一隻眼閉一隻眼，繼續漠視鬼魂們的存在。

歐陽子奇撐著下頷思考，頃刻間，他決定請穆丞海找機會跟館長賽洛斯溝通，請他幫忙維持鬼魂們的秩序，讓他們平安完成公演。

要是不行，為了大家的安全著想，只好取消在拜桑歌劇院的演出了。

A組排練發生意外，B組同樣發生精彩刺激的狀況。彩排時，輪到夏芙蓉練唱，她身旁一具玻璃擺飾突然無預警地炸開，割傷她的手臂，傷口雖然不深，卻讓眾人嚇出冷汗。

歐陽子奇和穆丞海直到晚餐時刻才得知消息。

「要不要去探望一下小蓉？」穆丞海小心翼翼問著，試探好友的反應。

這段期間，歐陽子奇和夏芙蓉的互動很冷，除了在公司打上照面會禮貌性地點頭外，私下完全不連絡，再加上兩個人各於A、B兩組，排練一忙，根本沒機會修補破裂的關係。

對穆丞海來說，他當然還是希望兩個好友能恢復以往的甜蜜，因此逮到機會就想推波助瀾一下，企圖拉著歐陽子奇去探望受傷的夏芙蓉。

「嗯，走吧。」

歐陽子奇答應得爽快，畢竟他也不是真的和夏芙蓉吵架。如果是在別人面前，他或許還會演一下，但是面對神經大條的穆丞海，就算他演再多，海也不見得觀察得出來，加上夏芙蓉的「追男友計畫」也沒必要瞞著他，索性就不白費力氣了。

拜桑歌劇院的員工宿舍位於後半區的黑爾館，雖然被稱為員工宿舍，其實房間舒適度和五星級飯店有得比，而且因為房間數量眾多，所以幾乎是一人一個房間，偶有兩人住一間的，也是因為自己想要和別人同住的關係。

歐陽子奇和穆丞海走在長廊上，頗有飯後散步的愜意，當他們來到夏芙蓉的房間附近時，遠遠地，就見夏芙蓉的房門半掩，由內散發出的光線將兩道人影映照在走廊的牆壁上。

小蓉房間裡有人？

歐陽子奇見狀，思緒飛快，眨眼間就想好要怎麼做，他刻意放大音量，問著身旁的穆丞海：「這次公演，你有信心贏過丹尼爾他們嗎？」

聽見他的聲音，房間內原本分開的兩道身影，立刻迅速調整位置，一個躺到床上去，另一個坐在床邊，距離隔得很近。

「拜託，這還用問嗎？當然有信心啊！我還想讓蔣炎勛跪下跟我道歉耶！我們A組有你跟我在，是不可能輸的！到時候，那個『紅毛丹』也會甘拜下風，再也不敢和王伯伯一起耍什麼陰謀，要我們拆團了。」

紅毛丹?!

歐陽子奇先是愣住，然後忍不住笑了出來，丹尼爾天生髮色火紅，紅毛丹……這個綽號取得真貼切。

下一刻，只見房中坐著的人影猛然站起，若非床上的人影拉住他，可能就要往外衝來了。

「但是，事情可能還是會有變數啦！例如茱麗亞的歌聲……」穆丞海無奈聳肩，但隨即又開朗起來，「是說好像也不用太擔心這個問題，因為你說過小蓉的歌聲也……嘿嘿嘿……」

欠揍的笑聲在走廊形成回音，傳進了夏芙蓉的房裡，歐陽子奇再度看向牆壁，這次輪到床上的那道影子掙扎起身，想要往外衝，然後被坐著的人影拉住。

歐陽子奇忍著笑，故作鎮定，和穆丞海來到夏芙蓉的房間門口，冷不防地伸手將門推開到底，就見夏芙蓉半臥在床，手臂纏著繃帶，丹尼爾．布魯克特拿著一碗粥，動作輕柔地舀了一匙，貼心地送進夏芙蓉嘴裡。

好一對熱戀中的男女朋友啊——

穆丞海心裡直羨慕……咦？不對，小蓉的未婚夫是子奇耶！這算是劈腿嗎？就算是，也要偷偷來啊，子奇都站在這了，該收斂一點啊！……哎唷！不是啦！他的意思是，小蓉怎麼可以腳踏兩條船！

「咳——咳——」穆丞海假裝喉嚨不舒服，咳了好幾聲。

不過夏芙蓉完全沒打算搭理他，丹尼爾．布魯克特甚至還當著他們的面，伸手拿掉黏在她嘴角的米粒，並親暱地笑捏她的臉頰。

「小蓉！」

避嫌、避嫌啊！深怕身旁的歐陽子奇會發怒，穆丞海趕緊出聲，制止她和丹尼爾．布魯克特出現更脫軌的舉動。

「咦？是你們啊。」

夏芙蓉好似現在才發現他們，完全沒有做了虧心事後，該有的逃避與遮掩。

穆丞海心急如焚，不知如何是好，「小蓉，妳跟丹尼爾……不會太親近了嗎？」他只好委婉提醒，然後又再偷瞄了眼歐陽子奇的反應。

「親近？有什麼不對嗎？」夏芙蓉理直氣壯的反問，「丹尼爾演魅影，我演克莉絲汀，為了更融入角色，我當然要跟他好好培養感情呀！」

丹尼爾．布魯克特用力點頭，表現出力挺夏芙蓉到底的態度，並且挑釁地看向歐陽子奇。

這反應，可不像單純在揣摩戲中的角色。

因此，穆丞海有股想上前去揍那張臉的衝動。

「當然沒什麼不對，就跟我們去安慰受到驚嚇的茱麗亞一樣。」面對挑釁，歐陽子奇的表情依舊冷漠淡然，但聽得出他已經開始帶著淡淡的諷刺。

「茱麗亞寶貝怎麼了？她受到什麼驚嚇？」

很不幸地，歐陽子奇只是稍微試探了一下丹尼爾．布魯克特，他馬上忘記自己現在應該要維持與夏芙蓉很親暱的模樣，心隨意想，毫不掩飾地關心著他心愛的茱麗亞。

「你不知道啊？我好心告訴你吧，今天我們排練排到一半時，舞臺燈突然掉下來，剛好落在茱麗亞身旁……」

穆丞海話還沒說完，丹尼爾已經放下手上的粥，飛奔出去，不用問也知道應該是找他的茱麗亞寶貝去了。

「看來妳還要加把勁了。」望著丹尼爾．布魯克特迅速離去的背影，歐陽子奇搖頭。

「不急，慢慢來。」

夏芙蓉用沒受傷的手耙梳著自己的長髮，不甚在意地聳聳肩，反正她也挺享受被丹尼爾呵護的感覺，就算是演出來的也沒關係，她有自信最終會讓丹尼爾離開茱麗亞，真正地愛上自己。

穆丞海看著歐陽子奇和夏芙蓉，一頭霧水，「你們到底在說什麼？」子奇和小蓉不是冷戰中嗎？怎麼現在看起來又一副很融洽的樣子？

「要將妳的計畫告訴海嗎？」

「告訴他好嗎？他會不會不小心洩漏出去呀？」夏芙蓉嘖嘖兩聲，一副很懷疑穆丞海的模樣。

這下穆丞海再笨，也知道事情不是如他所想的那樣了，「快告訴我！」他好奇死了，「我保證守口如瓶，絕不會說出去！」

Chapter 5

料想不到的救命符

穆丞海獨自走在黑爾館的長廊上，看起來有點失神。

這個館的走道燈光設計特殊，為了營造出溫暖氣氛，牆壁上的燈源都是採向上探照的方式，因此，接近地板的部分便無可避免地較為昏暗。

一隻腳，無聲無息地從旁邊房間的門縫伸出，橫在穆丞海前進的路上，也不知道是真的因為光線太暗沒看清楚，或者是腦袋亂哄哄的根本沒注意四周，穆丞海就這樣被絆了一下，身體毫無防備地往前撲倒。

可惡！好痛！

走廊上鋪了厚實柔軟的地毯，本來跌倒應該也不會太痛，但穆丞海剛好是左腳膝蓋著地，這個地方在會議室撞到桌板時就已經瘀青了一塊還沒好，現在是傷上加傷。

「啊啊啊！對不起啊！害你跌倒，哈哈哈哈——」

一個中古歐洲騎士打扮的無頭鬼魂從門縫底下鑽出，在空中轉了幾圈，最後隱身進天花板裡。

X的，都沒頭了還能說話。

穆丞海瞪著鬼魂消失的地方，低咒一聲，非常難得的，竟然沒有被突然出現的鬼嚇到。

他會這樣是有原因的，在聽到那麼令人震驚的消息後，現在就算有個血淋淋的女鬼站在他面前，他可能也會覺得不痛不癢，心跳平常。

——小蓉竟然喜歡紅毛丹！

而且提到他時，小蓉還露出非常嬌羞的表情，真是太可怕了！夏大小姐也會出現這種表情啊！穆丞海的嘴角忍不住抽了下。

她跟子奇在一起那麼久，根本沒見她害羞過耶！

「小海，你怎麼坐在地上？」穆丞海還在回憶剛剛的情景，正要回房裡休息的唐樂初正好經過這條走廊。

「不小心摔倒。」穆丞海一手撐地想要站起來，左腳才稍加施力就弄到瘀青痛處，讓他的腳有些發軟，身體晃了一下。

唐樂初見狀趕緊過去扶他。

「受傷了嗎？」

「沒事啦！不過是瘀青而已。」要不是因為剛撞完正痛，否則瘀青根本不妨礙走路。

「我扶你回房休息吧！」說著，唐樂初抬起穆丞海的左手繞過自己脖子，讓他的手可以搭在自己的肩上，另一手則抱著穆丞海的腰際，微微一提，讓穆丞海的身體向左傾斜靠著自己，藉以分擔他的體重，減輕左腳負擔。

動作流暢，一氣呵成，讓穆丞海連絲毫掙扎的機會都沒有，只能沒好氣的叫了聲：「喂……」

就算打扮中性，說話方式跟行為舉止都大剌剌的，但好歹也是個女生啊，這樣跟一個男生身體貼身體好嗎？

而且他們的身高體重差這麼多，憑她嬌小的身材要撐起他的重量，也很辛苦吧！

「嗯？」

唐樂初回以一個不明所以的疑惑眼神，顯然沒想那麼多，反觀自己，好像有點大驚小怪了。

「沒、沒什麼，我可以自己走。」

「你是覺得讓女生攙扶著你走路，有失男子氣概，覺得丟臉嗎？」唐樂初突然理解到什麼，露出體貼笑容。

才不是咧！他是覺得跟異性身體貼那麼近，很尷尬！

「反正，我自己走就是了。」

「好吧，隨你。」唐樂初也不再堅持，放開穆丞海的身體，讓他自己走。

「對了，小海，我有一個朋友是開徵信社的，你介意我請他幫忙調查那間你小時候住過的白色別墅嗎？」

「不介意啊。」

他明白唐樂初想幫他的心意，只是他們出發到拜桑歌劇院前，子奇也有請他的特別助理傑克調查，如果連動用歐陽家勢力都無法查到線索，他實在不覺得唐樂初的朋友能有什麼斬獲。

「那就好。」唐樂初明顯鬆了口氣，「還有，小海，你那條項鍊可以借我看一下嗎？」

「可以啊。」穆丞海將幾乎不離身的項鍊從脖子上取下，遞給唐樂初，後者接過後，認真地審視起那條項鍊。

「如何，有看出什麼所以然嗎？」穆丞海只是隨口問著。

子奇研究過這條項鍊，他自己更是觀察過不知道多少次，但他們都不認為這條項鍊藏有什麼線索，自然不會期待唐樂初能有新發現。

但是，唐樂初卻出乎意料地有所感悟，「我是覺得這條項鍊的材質雖然很普通，但手工精細，用細皮條編織出來的圖案也很特別，而且……」唐樂初頓了頓，微瞇起眼眸，像是陷入了某段回憶中。

「而且什麼？」穆丞海好奇了。

「我好像曾經看過這個圖案……」唐樂初側頭苦思，拚命想在腦袋中搜尋出那模糊的熟悉感是從何而來。

「真的嗎？在哪看過？」穆丞海吃驚地叫了出來，如果項鍊的圖案有出處，或許可以循著圖案追查下去，找到他的親人也說不定。

「……不行，我還是想不起來。」唐樂初搖頭，「不知怎麼的，剛到拜桑歌劇院時，我也覺得對這裡很熟悉，那種熟悉感跟看到白色別墅時是一樣的，可是我明明就是第一次來到這座歌劇院吶！別說歌劇院了，就連這個國家，我也是第一次來！」

這正是唐樂初深感不解之處，她並不常出現那種感覺，但在與穆丞海相遇後，至少出現了三次，而且每一次出現，都格外鮮明強烈。

「小初，妳……」穆丞海突然想到什麼，皺起眉頭。

「我怎麼了？」

「妳是不是出發前有去查拜桑歌劇院的資料，結果把看到的資訊全都內化到記憶裡頭了？」

唐樂初一愣，還真被穆丞海說中了，她確實查了很多拜桑歌劇院的資料，不過都是些旅遊網站的相關介紹，也因此，裡頭根本沒有提到歌劇院發生過大火的事，不然她來這裡之前一定會準備好避邪的東西。

只是……唐樂初抬頭凝視著這座歌劇院。

她的熟悉感真的是因為看太多資料造成的嗎？她總覺得沒那麼單純。

「我的房間到了。」歌劇院的員工宿舍並沒有跟著時代進步而改用電子鎖，穆丞海從口袋裡掏出一把別著房間號碼牌的古老鑰匙，將房門打開。

走進房裡，開了燈，穆丞海馬上跌坐到床鋪上，脫掉鞋子，屈起左腳，伸手搓揉膝蓋。

果然，同一個部位連傷兩次，痛楚沒那麼快消散。

唐樂初見狀，走到他旁邊，突然將手伸向他的皮帶，準備解開。

「妳做什麼！」穆丞海驚駭大叫。

「檢查傷口啊。」唐樂初一副不知道他為什麼要大驚小怪的模樣，「你穿的褲子款式太合身，沒辦法直接把褲管捲到膝蓋以上。我要檢查你的膝蓋傷勢，只好把你褲子脫掉了，難道你希望我拿剪刀把褲管剪開？」

說的雖然很有道理，但……她到底有沒有身為女生的自覺啊！這樣隨便脫男生的褲子，不要一副習以為常的模樣啊！

「就說了只是瘀青，沒什麼好檢查的。」相對於唐樂初的落落大方，穆丞海的反應顯得很扭捏。

「不要小看瘀青，而且你剛撞傷，現在去揉它，只會越腫越大，一碰就痛。我幫你處理一下，這樣你會好得比較快，你總不想讓一個瘀青影響到正式演出時的表現吧？」

區區一個瘀青就影響演出？如果真是如此，他也太遜了吧！不過看唐樂初一副不讓她處理就不善罷干休的樣子，穆丞海只好退一步。

「那、那……妳迴避一下，折騰一整天，流了滿身汗，我先換件衣服，順便換條方便一點的褲子，再讓妳處理傷口。」

「也好，那你換吧，我回房間拿藥跟冰敷的用具過來。」說著，唐樂初也不囉嗦，立刻退了出去，隨手將門掩上。

穆丞海趕緊下床，打開行李箱翻出衣服，換了條短褲，接著迅速褪去黑色襯衫，打算換上一件寬鬆的帽T，不過，他才剛拿起衣服，唐樂初就走進來了。

喂！這女人動作也太快了吧！

而且，看到他的裸體，應該要讚嘆一下吧！就這樣默默坐到椅子上，面無表情地盯著他看是怎麼樣！好歹他特地練過肌肉的，女生看到會放聲尖叫，男生看到也會吹聲口哨表示欣賞才對啊！

穆丞海拿著帽T，刻意放慢動作，心裡盤算著，如果讓身體保持赤裸的時間多一點的話，應該就能吸引唐樂初的目光，讓她說些稱讚的話，來滿足自己的虛榮心。

等了好幾秒後，唐樂初終於開口。

「你的膝蓋好腫。」

「……」好吧，別指望了。

穆丞海乖乖把衣服穿好，坐到床上，回到剛剛的左腳屈膝姿勢。

唐樂初熟練地將裝著冰塊的塑膠袋包在毛巾裡，然後放在穆丞海膝蓋上。

這讓穆丞海想起自己小時候在育幼院裡跑來跑去，跌倒瘀青是家常便飯，但也從來沒人會幫他處理，每次都是放著自然痊癒，看到唐樂初這麼細心地幫他冰敷，實在讓他覺得窩心，一股暖意盈滿胸口。

第一次如此近距離地看唐樂初，穆丞海發現她的臉上略施薄粉，唇瓣也上了一層粉色唇蜜，妝很淡，不仔細看的話看不太出來，拿著冰袋的手也保養得很好，皮膚光滑，指甲修剪得整齊，還塗了透明指甲油。

看起來唐樂初是有把自己當成是女生來裝扮的，但怎麼會對他們之間的互動這麼無感？

想來想去，穆丞海只想到一個可能。

「小初，妳是不是根本沒把我當男生看？」穆丞海問出心裡的疑問。

「為什麼這樣問？」

「因為……」穆丞海忍不住把心裡的想法照實說出，聽得唐樂初一臉歉然。

穆丞海垮著一張臉，可見唐樂初對他男性魅力的無視，真的帶給他相當大的打擊，「還是說，我對異性的吸引力真的降低了？」

「抱歉，我真的沒想那麼多，可能是因為我們家的小孩也常跌倒受傷，所以第一時間我只想到要怎麼處理傷口。」

「小孩？」穆丞海在育幼院長大，身邊不乏一堆年齡比他大或比他小的孩子，他喜歡大家一起打鬧的氣氛，長大後更是對小孩子有股莫名的疼愛，只要談論到小孩，眼睛就亮了起來，「是妳弟弟還是妳妹妹嗎？」

「不是，是我姪子。」唐樂初神情古怪地看向穆丞海，「你不知道嗎？我是何董婚外情生的女兒，是獨生女。」

「抱歉，我真的不知道……」穆丞海趕緊道歉。

難怪何董對唐樂初的態度會不一樣，原來是自己的親女兒。

唐樂初體諒地微笑，她是何董的女兒這件事算是演藝圈公開的祕密了，反倒是穆丞海竟然不知道這點還比較令人訝異，不過，穆丞海連她的性別都搞不清楚，又怎麼會去注意這些八卦呢？

「而且，或許這麼說你會很不以為然，想說我明明年紀比你小，到是憑什麼這樣想，但不知道為什麼，我就是自然而然地想照顧你。知道你找不到親人會有生命危險，我就想去幫你查；看到你受傷，心裡就覺得難過。這些情緒凌駕在所有感覺之上，所以……我真的不是覺得你沒有魅力啦。」

「算了、算了。」解釋一圈，不就是要說她對他的男性魅力完全無感嗎？穆丞海擺了擺手，無意繼續這話題。

唐樂初也識相地不再提，「對了，你要小心一點，這間歌劇院裡頭的鬼魂怨氣頗重，加上環境聚集的陰氣，幾乎每個鬼魂都碰得到東西，也碰得到人，因此只要他們動了念，像排練時這樣的事件，一定會再發生。」

穆丞海一驚，這樣他晚上更不敢睡了！

嗚嗚……豔青姐，連續劇可以錄起來以後再看，不然也可以等重播，再不來救他的話，他可是連明天的太陽都看不到啦……

唐樂初將冰敷的毛巾換了個位置，「歌劇院鬧鬼的事大概也瞞不了多久了，今天大家聚在一起吃晚餐時，已經有人說看到靈異現象了，如果去調查，應該也不難知道歌劇院曾經發生大火吧……你要去哪？」

「我去找館長賽洛斯。」穆丞海跳下床，現在可不是悠閒冰敷的時候，「妳有看到他嗎？」

「如果還沒離開的話，應該是在艾妮絲頓小姐的房間。」

穆丞海停下腳步，「他為什麼會在那裡？」

「我也不知道。」唐樂初聳肩，「晚餐過後，我去艾妮絲頓小姐的房間陪她，就見賽洛斯館長一直站在房間角落，後來布魯克特先生風風火火地跑進來，我才退了出來，直到我關門前，賽洛斯館長還是靜靜地站在角落沒動。」

兩人來到茱麗亞的房門前，敲了幾聲，都沒人回應，他們本想離開，但穆丞海突然嘗試轉動門把，發現門竟然沒鎖。

將門打開後，房裡燈光昏暗，茱麗亞．艾妮絲頓躺在床上，已經睡去。而館長普尼．林．賽洛斯，則站在茱麗亞的床邊，臉上雖然戴著半罩的魅影面具，但還是看得出他的眉頭深鎖，靜靜地盯著熟睡中的茱麗亞。

「賽洛斯館長。」用著不會吵醒茱麗亞的音量，穆丞海試著叫喚賽洛斯。

聽見聲音，賽洛斯抬頭，複雜的神色斂去，換上淡漠有禮的表情，接著朝他們走來。

穆丞海第一次見到走路如此優雅的鬼，連演藝圈裡也找不到幾個能勝過他的人。

普尼．林．賽洛斯走到門邊，從裡頭將門闔上，並上了鎖，才穿門而出。

「兩位晚安。」賽洛斯禮貌地問候著，接著轉頭對唐樂初說，「好久不見。」

「我們認識？」唐樂初驚訝了。

普尼．林．賽洛斯笑而不答，擔心站在門口說話會太吵，他領著他們往黑爾館一樓的交誼廳走去。

「賽洛斯館長，今天那個工作人員為什麼要把舞臺燈弄掉？還有，另一個表演廳的玻璃擺飾炸開，也是鬼魂做的嗎？」穆丞海是個藏不住話的人，還沒能等他們走到交誼廳，在路上就忍不住發問。

「是的。」普尼．林．賽洛斯點頭。

「為什麼要這麼做？」

普尼．林．賽洛斯解釋，「以前，在這個國家裡，拜桑歌劇院是演出的最高殿堂，人們以能在這裡工作為榮。因此，即便是死後，這個信念也依舊存在於他們心中，所以當看見水準不夠的演出時，就會想破壞它，不讓它在拜桑歌劇院演出。」

呃……所以才會只對演唱「有點瑕疵」的茱麗亞和小蓉動手嗎？

穆丞海搔搔頭，「那個……賽洛斯館長，可以請你幫個忙嗎？」

「請說。」

「是否能請你以館長的身分約束工作人員，要他們別再做出傷害人、或是破壞演出的行為？」穆丞海提出請求。

「可以的。」普尼・林・賽洛斯露出紳士的微笑，右手握拳置於胸前，「我以家族的名譽保證，傷害茱麗亞・艾妮絲頓小姐的事絕不會再發生。」身為拜桑歌劇院的館長，歌劇院的工作人員自然都會服從他的命令，「但，這個歌劇院裡還有許多鬼魂，是當初火災意外時罹難的觀眾，觀眾的行為，身為館長的我就沒辦法約束了。」

「沒關係，至少解決了一半，我先向你道謝啦！」穆丞海鬆了口氣。

唐樂初卻在此時曲起手肘撞了他一下。

怎麼啦？穆丞海不解地看向唐樂初，就見她一直擠眉弄眼，好像想表達什麼，但他完全看不懂。

唐樂初嘆了口氣，轉而向普尼・林・賽洛斯道，「賽洛斯館長，你保證了艾妮絲頓小姐的安全，那其他人的安全呢？」暗示了半天，對方還是不明所以，她只好自己開口。

小海都沒發現賽洛斯館長對艾妮絲頓小姐的態度不一樣嗎？連舞臺燈掉落時，也是他出手相救，艾妮絲頓小姐才沒受到半點傷害的。

普尼．林．賽洛斯聞言，露出笑容，「其實你們不用太過擔心，工作人員不會對其他人下手的。你們之中需要注意安全的，大概也只有茱麗亞．艾妮絲頓小姐和夏芙蓉小姐，我會交代下去，要大家同樣不可傷害夏芙蓉小姐。」

賽洛斯的保證不像之前那麼慎重，感覺上只是順便答應而已。

唐樂初還在思索賽洛斯的反應，步伐慢了下來，她突然看見前方有一隻腳從牆壁裡伸出來，穆丞海走在她前面，再往前走幾步就會被絆倒，她趕緊出聲提醒。

「小心！」

但來不及了。

穆丞海的身體往前飛了出去，跌了個狗吃屎。

可惡！又是左腳膝蓋先著地！穆丞海痛到眼淚都快飆出來了。

「啊啊啊！對不起啊！害你跌倒——害你跌倒——哈哈哈哈——」

穿著盔甲的無頭騎士從地上飄起來，和先前那次一樣，又在空中盤旋了好幾圈，發出欠扁的笑聲。

「老皮！」

普尼．林．賽洛斯厲瞪了他一眼，嚇得老皮立刻閉嘴，飄往走廊盡頭消失。

「你不是說其他人的水準夠，不用擔心被惡整嗎？」穆丞海坐在地上，咬牙切齒地問。

「抱歉，老皮惡作劇慣了，他只是喜歡你才這麼做的，並沒有惡意。」普尼．林．賽洛斯露出歉然微笑。

靠！揉著發疼的膝蓋，穆丞海低咒一聲。

那可不可以拜託那個無頭騎士討厭他一點！

距離競演還剩下半個月的時間。

在與賽洛斯館長溝通後，這段期間果然平靜許多，雖然鬼魂還是到處飄，但也沒再發生什麼意外，會覺得困擾的，大概只剩看得到鬼魂的穆丞海和唐樂初兩人吧。

而且，另一個意想不到的好消息是，他們發現茱麗亞．艾妮絲頓的歌唱技巧竟然有非常明顯的進步。

「我好像感受到魅影的存在了！」趁著排練空檔，茱麗亞．艾妮絲頓坐到穆丞海身旁的空位，笑著說。

「魅影？」正在喝水的穆丞海聽到她這麼說，差點沒嗆到。

「嗯！」茱麗亞．艾妮絲頓用力點頭，「這幾天晚上，我在半夢半醒間，隱約聽見一個動聽的男人聲音，他把《歌劇魅影》裡的故事告訴我，還教我這個劇裡所有曲目的演唱技巧，我覺得我好像真的變成克莉絲汀了！」

茱麗亞回想著那個聲音曾說的，「他說他是我的音樂天使！」

她本來就是專業演員，對揣摩角色很有一套，再加上獨到的歌唱指導，很快就掌握到克莉絲汀這個角色的精髓，雖然歌唱技巧還稱不上非常好，但也已經進步到中上程度。

「恭喜妳啊！」穆丞海的眼神飄忽，心裡猜想茱麗亞說的魅影，不會就是賽洛斯館長吧？

「小海，不，羅爾公爵，你可要加把勁喔！不然，搞不好有一天我真的會被魅影拐走呢！」

茱麗亞笑著說完，踩著雀躍的步伐回到舞臺上準備排練，儼然就是戀愛中的小女人模樣。

越接近競演，穆丞海發現自己越來越常處於緊張狀態，除了舞臺表演不能NG所造成的壓力外，還有一部分是他晚上怕被鬼鬧，而一直無法安心入睡有關。

緊繃的情緒讓他的表演錯誤百出，出錯又讓他更無法放鬆，形成惡性循環。

尤其是與他們配合的交響樂團進駐後，排練已經不再是用CD配樂，而是交響樂團實際演奏，這也讓穆丞海深刻體驗到舞臺劇的出錯有多要命，每次因為他的出錯造成排練中斷，就是上百個人要一起停下來等他，或者陪他反覆練習同一個段落。

大家雖然都體諒地沒多說什麼，甚至連平常毒舌的歐陽子奇也以鼓勵代替責罵，但光是自責就夠讓他難受了。

不只如此，雪上加霜的是，他以往拿來驅除恐懼與焦慮的項鍊，因為年代久遠，上頭的皮繩竟然斷了！項鍊整條散開，無法再戴，穆丞海只能先將零件蒐集起來，收在一個小盒子裡。

兩天前，唐樂初將盒子要了去，想試試看能不能將項鍊修好，穆丞海雖然不抱任何期待，還是把盒子交給了她。

說到唐樂初，她也真夠奇怪，總是對他的事特別關心，只要他餓了或渴了，就立刻跑去幫他張羅食物，就連他犯錯，唐樂初也是第一時間跳出來跟大家賠不是，那個樣子就像是他國小同學的媽媽，當孩子犯錯被老師叫到學校時，拚命跟大家鞠躬道歉，嘴裡說著自己沒把孩子教好一樣。

而且，當有人欺負他時，唐樂初也會跳出來為他抱不平。

就像現在，老皮又在玩他那個永遠玩不膩的絆腳遊戲，摔了幾次，穆丞海已經養成走路盯著地上看的習慣，所以大老遠就發現老皮的腳橫在那。一隻腳穿出牆壁，早就被人發現，卻還是等著要絆倒人，看起來還滿好笑的。

唐樂初可不這麼認為，見老皮又想絆他，氣憤不已，抬起腳就想往老皮伸出來的腳上踩下去。

老皮常整人，警覺性自然高，早一步將腳縮回去，唐樂初沒踩成功，改成追著老皮打，一人一鬼在走廊上演追逐戰。

看他們「玩得」這麼起勁，再對照自己水深火熱的處境，穆丞海更加沮喪了。

半晌，唐樂初大概是追丟了老皮，走回來找穆丞海，並從口袋裡拿出修好的項鍊給他。

「哇！真的假的，妳修好了？太厲害了吧！」穆丞海將項鍊拿起，湊近眼前觀看，項鍊的圖案跟原本一模一樣，「妳看過一次就記得了？記性這麼好！」

把項鍊交還給穆丞海之前，唐樂初還擔心會不會跟原本的圖案差很多，弄巧成拙越修越糟，不過看到穆丞海的反應，她心中的大石頭總算放下了。

「其實也不是記性好啦！本來我也還不太確定是不是這樣編，於是就先到街上的藝品店，憑著印象買了些材料。沒想到真的動手編之後，越來越順手，我也不知道為什麼……」

「因為，這條項鍊本來就是妳做的。」

一道聲音介入他們的談話，穆丞海和唐樂初轉頭，發現館長賽洛斯就站在他們身後，也不知道聽著他們的對話多久了。

「我做的？」唐樂初指著自己，一臉不敢置信。

「嗯。」普尼．林．賽洛斯點頭，「更正確地說，是前世的妳所作的。當時妳就在拜桑歌劇院前的廣場擺攤，販賣手編項鍊，雖然價格不高，乍看之下好像是隨處可見的東西，但每一條項鍊都是妳親自設計，親手編製，全世界絕無僅有。」

「難怪你會說『好久不見』。」唐樂初恍然大悟，知道自己前世的身分是什麼，感覺滿有趣的。

「等等……」聞言，穆丞海臉色陰晴不定，「你說這條項鍊是小初前世編的？那我問你，小初前世長什麼樣子？不會是金色頭髮、藍色眼睛吧？」

「是的。」

這個國家金色頭髮的人不少，但藍眼睛卻很少見，所以賽洛斯對唐樂初前世的長相很有印象。

聽到賽洛斯的回答後，穆丞海當場愣住。放在他身上的皮編項鍊、金髮藍眼……

他小心翼翼地再確認，「你知道小初的前世，是什麼時候過世的嗎？」

「這我就不清楚了，因為幾十幾年前，唐樂初小姐的前世開心地說她終於存夠旅費，要出國旅遊，後來我就沒見過她了。」

普尼．林．賽洛斯忽然想到什麼，補充道：「對了，那時唐樂初小姐說要去旅遊的地點，就是你們的國家。」

所以，該不會，小初真的是……

穆丞海緩緩轉頭，看向唐樂初。

從他們的對答及之前與穆丞海聊天時得到的資訊，唐樂初也瞬間明白了意思。

所以……她是……

不會吧！

見兩人呆立許久，一句話都不說，普尼．林．賽洛斯只好向他們道了聲再見後，先行離去。

只剩他們後，穆丞海終於忍不住開了口。

「小初……還是……我應該叫妳一聲……媽媽？」

聽到關鍵性的兩個字，唐樂初如遭電擊般渾身一震，「那個……」她乾笑兩聲，企圖掩飾心中的不自在，「那都是前世的事了！」

「也對，哈哈，那我還是叫妳小初囉！」穆丞海搔搔頭，唐樂初說的沒錯，那都是前世的事了，想開了好像也沒什麼好糾結的，「吶，我問妳，妳還記得前世的事嗎？」

「不記得了。」

雖然沒有記憶，但前世對她來說一定意義重大吧！不然怎麼會在她潛意識裡刻劃得那麼深，連這一世都還隱約記得。讓她不管是看到那棟白色別墅，或是對穆丞海這個人，都有很深的感觸，甚至主動保護他，為他做事。

原來，這都是有原因的，那是一種名為「母愛」的情緒。可見，她前世一定很愛她的孩子吧！

「小海，對不起……不管當初我是因為什麼理由而把你放在育幼院，一定都是為你著想，希望你能好好活下去。」

「沒關係，我明白，妳一定是不得已才這麼做的。」穆丞海輕拍唐樂初的肩，希望能減輕她眼底的愧疚。

曾經想過許多版本，如果能夠再次遇到親生父母，他該有怎樣的反應？生氣質疑？冷漠以對？還是開心極了？沒想到真的遇上時，他反而很平靜，甚至反過來安慰對方。

或許是因為這陣子的相處，他深刻感受到唐樂初對他的關愛，她是這麼善良、樂於助人又負責任，上輩子和他是母子關係時，應該是對他很好的，只是有不得已的苦衷才將他留在育幼院。

「小海，既然我前世是你的媽媽，不就可以解決你陰陽眼的問題了嗎？這樣你也不會有生命危險了！」唐樂初拉著穆丞海的手興奮大叫，這是她從未在外頭表現過的一面，「等競演結束，回國後，我們就一起去找大師吧！」

穆丞海回想著殷大師當初是這麼說的——

「你在事故後的變化，也是你曾踏足生死之界最好的證明。命非不能改，卻不易，除非找到跟你有血緣關係，或是曾經在某世與你是親人的人，才有辦法改變或保護你的命。」

唐樂初就是曾經在某世與他是親人的人。

「好！」穆丞海開心點頭。

想不到事情竟然這麼順利就解決了！

唐樂初朝穆丞海伸出手，十指緊握，「上輩子我們沒有母子緣分，這輩子，就讓我們好好彌補關係，重新開始吧！」

「嗯。」穆丞海點頭，和唐樂初對望的眼眸都已濕潤，在壁燈照耀下，閃耀著感動的點點光芒。

會的，他們這輩子會幸福快樂地一起生活下去的。

Chapter 6

接二連三的意外

與唐樂初相認後，穆丞海一掃陰霾，心情大好，神清氣爽地完成接下來幾日的排練，過程順利得不可思議，和之前簡直判若兩人。

再過兩天，就是A組預定要正式跑全劇排練的日子，因此，在所剩不多的練習時間中，分分秒秒都格外重要。

每到這種重要關頭，被排定需要到場練習的演員們，都會自律地準時出席，就算是最大牌的幾位主演也一樣，除非是身體不適，或是萬不得已必須親自處理的要務才會缺席。

但今天的情況有點特殊。

一般這個時候，不管是人員或道具、服裝，都應該已經準備妥當，然後大家會集合在排練室內等著排練才對。

但當歐陽子奇走進排練室時，卻見到許多工作人員正忙著收拾東西，把戲服掛起來，道具歸位，還有幾個人或蹲或跪在地上，用抹布在擦拭地板。

他環視四周，確認參與這場排練的演員，再低頭看了下自己的手表，排練時間已到，卻還少一位女主角。

「茱麗亞・艾妮絲頓呢？」歐陽子奇問著。

室內突然一陣靜默，連原本猛刷著地板的人都刻意放輕力道，小心翼翼地盡量不發出聲音。

怎麼回事？歐陽子奇眼神凌厲地掃視大家，每一個人都迴避著他的眼神，不是低頭裝忙，就是假裝去收拾東西，沒有人敢說到底發生什麼事。

畢竟剛剛看到的情景，真的太詭異了！要是說給歐陽子奇聽，肯定會被罵到臭頭！

「亞斯楚，茱麗亞呢？」很好，沒有人願意說是吧！歐陽子奇冷著聲，叫住一個想趁大家不注意、偷偷溜出排練室的金髮男子。

被點名的亞斯楚身體一震，身為茱麗亞的助理，他早料到自己一定會被點到，才想趕快落跑，可惜還是晚了一步。

「總監，那個……艾妮絲頓小姐她……還沒到。」亞斯楚低著頭，唯唯諾諾地說。

「她什麼時候會到？」已經過了預定開始排練的時間，歐陽子奇想知道還需要耽擱多久？

「這……報告總監，我也不知道。」

「茱麗亞今天打算請假？」

「她……沒有請假，其實，艾妮絲頓小姐她……不見了……」亞斯楚深吸一口氣，終於說出來了。

「不見了？」歐陽子奇皺眉，散發出更強烈的不悅。

「是的。」亞斯楚用力點頭，似乎想要藉此強調自己所言不假，「我們找遍整個拜桑歌劇院，就是不見艾妮絲頓小姐的蹤影，打她的手機沒通，也沒人知道她去了哪裡，或是聽到她交代什麼。」

「報警了嗎？」

「有的，歌劇院的警衛已經幫忙聯絡當地警局，他們也答應派人協尋。」

亞斯楚雖然對艾妮絲頓的失聯感到緊張，甚至擔心她發生意外，但其他人卻不這麼認為。因為茱麗亞．艾妮絲頓這一陣子老是嚷著壓力大、演音樂劇吃力不討好之類的話，所以大家都覺得她應該只是要大小姐脾氣，任性地拋下工作，跑出去逛街而忘了時間。

「那這一地的混亂又是？」

排練室內更加靜默了，連刷地板的動作都軋然而止，大家低頭不語。

歐陽子奇見狀，只好再點人回答他的疑惑：「阿德，你說。」

阿德是和MAX合作過許多次的錄音師，以他們熟識的程度，應該沒什麼話是不能對他說的吧？

「我……」阿德緊張搓手，先試探性地問，「子奇，你相信這個世界上有鬼神嗎？」見歐陽子奇沒吭聲，他才敢繼續說，「這個歌劇院，好像……不太乾淨……」

聽到「不太乾淨」幾個字，歐陽子奇立刻會意過來，於是轉頭看向坐在沙發上，吃東西吃得很高興的穆丞海。

邊吃著據說是夏芙蓉逛街時買回來的涼果子，邊看著一屋子好戲的穆丞海接受到好友射來的詢問眼神，解釋道：「別問我，我也不知道，我沒看到過程，當我走進來的時候，就見到房間裡全部抽屜都被拉開，戲服、道具散了一地，地板上還有紅紅的液體，看起來像血跡。

「後來，那些紅色液體被證實只是番茄醬，喔對了，我還看到比我早一步進來的工作人員，全看著房間裡的景象發愣，可能他們目擊到抽屜打開來的一幕了吧。」

「你們真的看到抽屜自己打開？」

聞言，有幾個工作人員搖頭。

他們進來時，也已經是穆丞海所說的景象，只是他少講了一件事——就是他們帶來的戲服和道具被丟得到處都是，但原本歌劇院裡的舊道具卻好好地擺在原位，所以大家才會覺得很毛，一致認為是鬼魂弄的。

換作平時，歐陽子奇一定會大聲斥責：為什麼這種狀況就一定是鬼魂作祟？也可能是小偷。

不過，想到之前穆丞海曾對他說過，拜桑歌劇院裡的確存在著許多鬼魂，排練室的東西被翻得到處都是，若說是鬼造成的，也不是沒有可能。

歐陽子奇還想向穆丞海詢問一些事情，就見穆丞海突然抱著肚子，臉色發白。

「海，你怎麼了？」歐陽子奇趕緊湊到他身邊，扶住他搖搖欲墜的身體。

「我……肚子……」

這不單單是吃太多的脹痛，而是讓人冷汗直冒的劇烈絞痛！

一句話還沒說完，穆丞海就往歐陽子奇懷中倒下，昏死過去，好在歐陽子奇迅速接住他，才沒讓他的帥臉和地板做親密接觸。

「快叫救護車！」

一旁的工作人員叫嚷著，整個房間陷入一團混亂。

懷裡抱著穆丞海，歐陽子奇臉色難看地望向他吃的涼果子，「阿德，把這盒涼果子帶著，等等一起送到醫院化驗。」

「好。」阿德應聲，急得滿頭大汗，趕緊拿個紙袋把那盒涼果子裝進去。

競演的日子就要到了，千萬不要出什麼差錯啊！

緩緩睜開雙眼，視線漸漸清晰，純白色的天花板映入眼底，手背上傳來點滴針頭造成的微微刺痛，接著撲鼻而來的特殊消毒水味道，讓穆丞海馬上理解到自己正躺在醫院裡。

奇怪，他最近怎麼老是在醫院裡醒來啊！活了二十多年，這一生到目前為止進出醫院的次數用十根手指頭就能數完，還大多只是去健康檢查，這一陣子竟然就去了兩次。

想到這裡，穆丞海突然警覺起來。

上次傷到頭，來了個陰陽眼，這次會不會又從天上掉下來什麼禮物？

不過仔細想想，不管是什麼，好像都沒有陰陽眼那麼糟，而且，如果還能來個什麼超能力，真是賺到了！

在腦內妄想沒多久，穆丞海也意識到另一個嚴重的問題，他現在人在醫院裡，根據上次經驗，醫院裡除了醫生護士病人外……鬼也很多……

才剛這麼想，眼角餘光就瞄見病床邊有一道影子，穿著白衣，低著頭，披散的長髮遮著臉，看不到長相，但這麼典型的模樣，只是瞄上一眼，穆丞海就汗毛直豎了。

對方特地坐在他的床邊，不知道是不是有什麼企圖？

穆丞海偷偷動了下手指。

還好，還能動，能動就好辦啦！

他只要拔掉點滴，假裝去上廁所，然後再往病房門口移動，不動聲色地離開，就能擺脫這個女鬼啦！

穆丞海才一有動作，馬上引起對方注意，她緩緩抬起頭，露出一張有點慘白的臉，幽幽地出聲。

「小海，你醒啦。」

竟然是茱麗亞．艾妮絲頓！

太過震驚，以致穆丞海有一小段時間完全說不出話來，不過也不能怪他剛才沒認出是茱麗亞．艾妮絲頓，她現在的模樣和平常實在差太多，撇開服裝不說，那一臉蒼白憔悴，到底怎麼了？

「你……哪裡不舒服嗎？」見穆丞海一直沒說話，茱麗亞．艾妮絲頓擔心地問。

眼睛不舒服，心臟不舒服，他以為看到鬼，差點被嚇死！不過穆丞海沒有這樣說出口，反關心起茱麗亞．艾妮絲頓，「妳上哪去了？今天排練怎麼沒到？」

「我一直在房間裡睡覺，也不知道為什麼，竟然睡過頭了。」

在房間裡睡覺？怎麼可能！

當大家到處找茱麗亞．艾妮絲頓時，也有去敲她的房門，當時門是從裡頭鎖上的，亞斯楚擔心她是不是昏倒在房裡，還特地去找管理員拿備份鑰匙。

門打開後，大家進去察看，茱麗亞的房間確實空無一人。既然如此，又怎麼會像她說的那樣，一直在房間裡睡覺？

「你不相信對吧？因為當我這樣跟亞斯楚說的時候，他也一臉不相信的樣子。」茱麗亞．艾妮絲頓嘆了口氣，「我做了一個夢，其實我也不確定那到底是不是夢，因為實在太過真實了！就好像真的發生一樣，但那怎麼可能是真的呢？」

茱麗亞．艾妮絲頓陷入喃喃自語的混亂狀態，重複著自我問答。

「什麼夢這麼真實？」怕她再這樣下去會歇斯底里起來，穆丞海趕緊用問題引導她。

「是魅影！」茱麗亞．艾妮絲頓突然抓住穆丞海的手大叫，險些握到插著點滴針頭的部分。

穆丞海捏了把冷汗，趕緊伸出另一隻手去讓茱麗亞．艾妮絲頓握，把插著點滴的手移遠一點，「妳之前說過的，教妳唱歌的魅影？」

「對！」茱麗亞．艾妮絲頓終於找到可以理解她的人，精神一振，「在夢裡，他將我帶到一個下水道，並且跟前幾次一樣，他教我唱歌……但他變了，變得瘋狂，變得好可怕……」茱麗亞說著說著，瞪大雙眼，回想起那個過程，她還驚魂未定。

說實在，現在的茱麗亞看起來也滿可怕的……

穆丞海的嘴角抽了下，繼續問道：「他做了什麼？」

「他竟然跟我說，他喜歡我，還要把我帶走，帶去他的世界，他問我願不願意跟他去……」

去魅影的世界？

如果茱麗亞所說的魅影就是賽洛斯館長，那麼所謂去他的世界，不就是……

哇！這下糟了！

「妳怎麼回他？」穆丞海也緊張起來了。

「我……一直覺得魅影很帥，很有才華，也很有氣質，完全就是充滿魅力的優雅紳士……」說到這裡，茱麗亞竟有些陶醉。

不會吧！難道妳只因為對方是個優質型男，就答應跟他去了嗎？

「但不知怎麼的，我感到很害怕，所以我拒絕了。」

還知道要拒絕，那還好，還有得救。穆丞海稍微鬆了口氣。

「妳拒絕後，賽洛……」見茱麗亞露出疑惑眼神，穆丞海趕緊改口，「我是說，魅影他有什麼反應？」

「他突然用力抓住我的手！」

「然後呢？」

「我奮力甩開他，什麼都不管，就只是往回跑，跑著跑著，眼前景象突然一變，我竟然躺在自己的床上！」

「所以果然只是個夢嘛！一定是妳演克莉絲汀壓力太大，才會做這種夢啦！」

「可是……小海，你知道嗎，我醒來的時候好喘好喘，手上……還有紅紅的指印！你說，魅影還會不會來找我，纏著我不放？」

其實，聽了這麼多具體的描述，穆丞海完全相信真有其事，但考慮到她知道真相大概會被嚇壞，只能用聽起來極為輕鬆的語氣安慰她。

「不要怕，就算魅影來找妳，還有我在啊！我是羅爾公爵耶，妳是我最心愛的克莉絲汀，我不會讓魅影把妳帶走的！」說完，他朝茱麗亞．艾妮絲頓調皮地眨眨眼。

這番話確實讓茱麗亞安心不少，不再緊張兮兮。

「不然這樣吧！妳一個人回去我也不放心，我陪妳回去。」穆丞海想直接去找館長賽洛斯問個清楚，還有確認排練室裡的狀況到底是不是那些鬼魂做的。

「你現在出院沒關係嗎？」

「沒關係啦！妳看我，生龍活虎的咧！」穆丞海自行拔掉點滴針頭，主動握住茱麗亞的手，「走吧，陪我去辦理出院。」

暖意透過緊扣的手指傳來，這是小海第一次不是因為劇情需要來牽她的手耶！

茱麗亞．艾妮絲頓的雙頰微微發燙，享受著這種被喜愛的人呵護的感覺。

翌日，穆丞海在拜桑歌劇院裡遊走，想找賽洛斯確認他心中的疑惑。

遠遠地，就看到唐樂初和賽洛斯在伊利雅館走廊盡頭交談，似乎正為著什麼事而起了爭執。

他悄悄走近，靜靜聽著。

「賽洛斯館長，你保證過大家會很安全的，結果呢？竟然出了這麼多事！」唐樂初非常氣憤，要是只有弄亂道具、戲服也就算了，偏偏現在牽扯到穆丞海身上，還害他吃到被加了藥的食物送醫，幸好緊急洗胃，身體沒什麼大礙，但一回想到他痛苦不堪的樣子，她心裡就不好受。

「那不是我們的工作人員做的。」普尼．林．賽洛斯維持著慣有的優雅，語氣溫和地回應。

「不是你們，還會有誰？」

打從一開始，歌劇院的意外就是鬼魂所造成，夏芙蓉的手被割傷，茱麗亞．艾妮絲頓差點被掉落的舞臺燈砸到，還有那個老愛害穆丞海跌倒的老皮！唐樂初根本不相信這次的事件與賽洛斯他們無關，執意要討個公道。

普尼．林．賽洛斯看向維娜館的方向，再將眼神投向離他不遠處的穆丞海，「你們現在趕去排練室，就會瞭解是誰做的。」

循著賽洛斯的眼神，唐樂初看見穆丞海，表情馬上從氣憤轉成擔心，她想開口關心穆丞海的身體狀況，但被穆丞海舉手制止。

「先去排練室看看吧！」

「好吧。」

看見他眼神裡的堅持，唐樂初不再囉嗦，兩個人快速前往位於維娜館的排練室。接近時，他們刻意放輕步伐，賽洛斯也跟著他們一同前往，而更後頭，隔了幾步距離，是窮極無聊想湊湊熱鬧的老皮。

將排練室的門悄悄推開一個縫，穆丞海和唐樂初往裡頭一探，只見有個人躡手躡腳，正在將所有抽屜拉開，而且每個抽屜拉出來的距離算得一樣，那整齊的畫面看起有股詭異驚悚的氣氛。

之後，他再拿出一罐番茄醬，灑了滿地，製造出來的情景就跟他們之前看到的一模一樣。

那個人又從口袋裡拿出一包白色粉末，倒進排練室的飲水機中。

看到這裡，穆丞海和唐樂初都瞭解是怎麼回事了！

由於剛到拜桑歌劇院時，他們被工作人員的鬼魂惡整過，所以一發生事件，就直覺是那些工作人員搞的鬼，顯然她誤會那些鬼魂了。

真相是，始作俑者是B組的競爭對手——蔣炎勛。

「他為什麼要這麼做？」

唐樂初小聲問著穆丞海，她跟蔣炎勛不熟，無法理解他為什麼會有這樣的舉動。

「哼！」穆丞海冷哼一聲。

上次和蔣炎勛一起演出電影《豔陽》時，他也是耍手段，拿了瓶摻藥的飲料給他喝，害他好一段時間無法發出聲音，現在又想故技重施害他們肚子痛，沒法順利演出嗎？

「賽洛斯館長。」穆丞海轉頭看向身後的賽洛斯，「之前我曾經拜託過你，希望你能約束工作人員，不要危害到大家的安全，這個請求我可以修正一下嗎？

我想在保護名單中，剔除那一位，隨便你們想對他怎樣都可以，好好『關照』一下那位先生吧！」

唐樂初見普尼．林．賽洛斯露出一抹微笑，在神聖的拜桑歌劇院裡，想用這麼不光明的手段獲得勝利，著實觸碰到他的逆鱗。

「我想，您的這個要求，我們會非常樂意去執行的。」普尼．林．賽洛斯向身後的老皮使了個眼色。

「遵命！」

就見老皮向賽洛斯行了個騎士的敬禮後，興高采烈地往排練室裡飄去，他用著極為妖嬌的姿勢躺在地板上，接著，在蔣炎勛的前方伸出腿。

穆丞海不禁打了個寒顫，平常在走廊上，他只看見那條腿，原來他沒看到的身體，是以這樣可怕的姿勢來把他絆倒的嗎？

下一秒，看不見鬼魂的蔣炎勛，冷不防地被老皮一絆，往前摔了出去，跌了個狗吃屎，身體還沾滿他自己灑的番茄醬，整個很狼狽。

「啊啊啊！對不起啊！害你跌倒——害你跌倒——哈哈哈哈——」成功後，老皮照例又飛起來在空中轉了好幾圈，並發出他的招牌笑聲。

蔣炎勛看不見鬼魂，卻能隱約聽見笑聲。他驚恐地環視四周，然後，普尼．林．賽洛斯在此時一個彈指，排練室內所有的抽屜全部刷地一聲，整齊劃一地關回去，蔣炎勛發出慘叫，雙眼一翻，昏了過去。

之前穆丞海覺得老皮的笑聲非常刺耳，每次聽見都恨得牙癢癢地，不過今天他卻覺得這個笑聲是天籟，蔣炎勛躺在地上的姿勢實在太好笑了，沒帶手機把這一幕拍下來真可惜！

當日晚上，穆丞海和歐陽子奇到附近的街上用餐，酒足飯飽後一同散步回去，穆丞海摸著鼓起的肚子，打了個滿足的飽嗝。

「你才剛康復，一下就吃那麼多東西，沒關係嗎？」

穆丞海這超沒形象的舉動，令歐陽子奇在心裡翻了好幾個白眼，但念在海這幾天歷經折騰，他們又身處名氣還不高的國外，沒有被狗仔偷拍的疑慮，才放過他，不多加數落。

「沒問題！我的腸胃可不是普通人的腸胃，隨便下個藥就想讓我倒下，哼哼，太天真了！」

聞言，歐陽子奇沒好氣地睨了他一眼。

蔣炎勛的所作所為，穆丞海已經利用晚餐時間告訴他了，這更讓他們下定決心要徹底贏過蔣炎勛。

「我也知道你的腿不是普通人的腿，若是發胖，再去爬個幾千階樓梯應該也不成問題。」

「呃……」想到公司後頭那通往神社的階梯，穆丞海就頭皮發麻，直想趕快轉移話題，就在此時，他不經意地瞄到熟悉的身影，「咦？那不是小蓉和紅毛丹嗎？」

拜桑歌劇院外的運河旁，丹尼爾．布魯克特和夏芙蓉站在典雅的路燈底下，遠遠望去，鵝黃光暈籠罩下的唯美，真讓人覺得他們是才子佳人，天造地設的一對。

「要過去打聲招呼嗎？你這位『還在冷戰』的未、婚、夫。」故意在關鍵詞上加重語氣，穆丞海不怕死地調侃著。

「我相信你這張臉皮不是普通人的臉皮，一定怎麼摧殘都不會痛。」歐陽子奇作勢要去捏他的臉，被穆丞海靈巧閃開。

兩個人來來回回鬧了好一會兒，歐陽子奇才放過他，說著：「走吧，過去打個招呼。」

等穆丞海和歐陽子奇靠近之後，發現夏芙蓉和丹尼爾·布魯克特根本不是在談情說愛，兩人之間的氣氛甚至有點火爆。

「就說了那盒涼果子不是我送過去的！」

「那為什麼工作人員會說是妳送去的？」

聽到是夏芙蓉送過去的食物導致穆丞海腹痛送醫，丹尼爾·布魯克特不想被說是憑著不光明的手段贏得勝利，就拉著夏芙蓉出來想問個清楚，心裡一急，口氣自然不是太好，而面對喜歡的人質疑自己，夏芙蓉更是沉不住氣。

「一定是有人想要誣陷我，才會這樣惡言中傷。」

「誰不陷害，為什麼就挑妳？」見夏芙蓉始終不願承認，丹尼爾·布魯克特更生氣了，他伸手握住夏芙蓉的雙臂，力道不自覺地加重，在她吹彈可破的肌膚上留下紅印。

丹尼爾．布魯克特和夏芙蓉熟識，不是不知道她的為人，原本理當不該這麼懷疑她，但他也認為夏芙蓉不是完全沒有動機，或許是急欲搶回歐陽子奇，才讓她一時鬼迷心竅，不擇手段想奪得勝利。

他的反應看在夏芙蓉眼裡，令她心痛不已，難道在丹尼爾心中，自己是這麼無恥卑鄙的人嗎？她難過地紅了眼眶。

在一旁的穆丞海看不下去了，直接向丹尼爾嗆聲，「喂！紅毛丹！小蓉都說了不是她，你到底煩不煩啊？幹嘛動手動腳的！」說著，伸手去將丹尼爾．布魯克特拉開。

兩個人的情緒都很激動，拉扯的力道沒有節制，最終演變成互相推打起來。

衝突是因她而起，夏芙蓉愧疚，想介入制止，卻不慎被丹尼爾．布魯克特揮動的手臂一撞，身體頓時失去重心，她驚恐尖叫，摔落運河。

「小蓉！」

夏芙蓉不會游泳，在運河裡掙扎，連嗆了好幾口水，歐陽子奇見狀立即脫掉身上的大衣外套，拋給穆丞海，俐落地跳入運河中救人。

這個國家現在是冬季，加上夜晚，氣溫很低，歐陽子奇一接觸到河水就感到一陣刺痛的冰冷，他從背後圈住夏芙蓉的身體，將她帶回岸邊，穆丞海和丹尼爾·布魯克特趕緊幫忙把她接上來，歐陽子奇接著爬上岸，連忙檢查夏芙蓉的狀況，她的臉色凍得發白，已經呈現半昏迷的虛弱狀態。

也顧不得自己同樣渾身濕漉，歐陽子奇將剛剛脫給穆丞海的大衣拿回來，緊緊裹住夏芙蓉，接著打橫將她抱起，迅速奔回歌劇院。

丹尼爾·布魯克特站在原地，望著他們離去的身影，緊握雙拳，懊悔不已，「天啊，我到底在幹嘛！」

深夜，穆丞海從歐陽子奇的房間離開，碰巧遇到要回房休息的唐樂初。

「小蓉還好嗎？」他關切地問。

「除了受到驚嚇，身體有點失溫外，沒什麼大礙，喝完熱茶，情緒已經回穩，入睡了。」唐樂初動了動僵硬的脖子。

稍早，大夥兒看見歐陽子奇將昏迷的夏芙蓉抱回歌劇院內時，全都嚇壞了！找醫生的找醫生，遞毛巾的遞毛巾，唐樂初則是幫忙換下夏芙蓉身上濕透的衣服。

夏芙蓉沒多久後就醒來了，憶起昏迷前落水的恐怖經歷，痛哭失聲，在醫生確認她沒有生命危險後，就由唐樂初接手，留在房間裡陪她。

穆丞海則拉著歐陽子奇回到他的房裡討論一些事，直到現在才離開。

「嗯，那就好，不過子奇的狀況就不太妙了，好像有點發燒。」溫度還不是很高，穆丞海本想找醫生先拿點退燒藥，但歐陽子奇不想吃藥，就怕吃完腦袋昏沉想睡，會耽誤到排練行程。

「這樣明天的正式彩排要取消嗎？」

「不，子奇相當堅持，說一切照原先安排。」

聞言，縱使不贊同，唐樂初也只能搖搖頭。

他們很清楚，歐陽子奇一旦決定，是很難說服他改變的，他們只能祈禱他趕快康復。

Chapter 7

歌劇魅影

正式彩排當天。

在後臺換好《歌劇魅影》女主角克莉絲汀的造型，茱麗亞．艾妮絲頓來到舞臺側邊，掀開暗紅色的厚重布幔一角，由臺上看向觀眾席。

「好緊張喔，總覺得臺下好像坐滿觀眾似的。」身為國際巨星，茱麗亞．艾妮絲頓很瞭解被注目是什麼樣的感覺，然而，雖然此刻觀眾席上只有空蕩蕩的座位，她卻感受到許多視線飄來，這離奇的感覺她無法解釋，只能歸咎是自己第一次演音樂劇，太過緊張。

「艾妮絲頓小姐真不愧是實力派演員耶！就算只是排演，也這麼全力投入，連臺下坐滿觀眾的感覺都揣摩了。」跟著她探頭出來的工作人員附和著，趁機拍馬屁。

唐樂初無意間聽到她們的對話，不著痕跡地往觀眾席望了一眼，就繼續低頭看手中的劇本，她也很想說「艾妮絲頓小姐真不愧是實力派演員」，敏銳度果然異於常人。

臺下現在確實坐滿觀眾——只不過不是人。

今天只是排演，那些「觀眾」有必要如此盛裝打扮，急著入座觀看他們的演出嗎？好似等一會兒就是正式公演一樣。是說，換個角度想，他們今天不來，若是等到正式競演那天才和活人擠進表演廳，畫面也滿恐怖的。

想像看看，當你帶著輕鬆愉悅的心情，來到拜桑歌劇院，坐在堂皇富麗的表演廳座位上，準備觀賞歌劇表演時，身旁卻都是鬼魂，甚至可能跟你重疊而坐……

唐樂初不禁打了個寒顫。

希望等等小海第一幕出場時，突然看到這個陣仗，不會慌了手腳。

「小初，妳還好吧？」剛拍著茱麗亞．艾妮絲頓馬屁的工作人員，發現唐樂初的臉色有些發白，機靈地跑來關心，畢竟唐樂初也是有位在演藝圈內舉足輕重的父親撐腰，多巴結她不會有錯的。

「沒事，太早起不習慣，有點頭暈而已，休息一會兒就好了。」唐樂初擺了擺手，表示自己沒什麼大礙，卻發現說話的聲音緊繃。

連她這種天生就有陰陽眼，早撞鬼撞成習慣的人，看到這種幾千個座位坐滿鬼魂觀眾的壓迫，都不免覺得緊張，更不用說是最近才因意外擁有陰陽眼的穆丞海了，唐樂初越來越替他擔心。

她是不是該先去提醒他，好讓他有心理準備呢？

唐樂初抬頭看向歌劇院後方牆上的大鐘，指著八點五十八分，離預定開始的時間只剩三分鐘，交響樂團團員已全數坐定位，歐陽子奇和指揮又交談幾句後，也走往後臺準備。

現在去找穆丞海，已經來不及了！

全場燈光一暗，在鬼魂觀眾的熱烈掌聲中，舞臺布幕緩緩拉起。

首先登場的是一名拍賣員，聚光燈打在他身上，面前擺著一個小檯子，放了幾樣稀奇古怪的物品。

他向觀眾席深深一鞠躬，接著開始拍賣起他帶來的東西，並將買到東西的好處說得天花亂墜，他的動作像馬戲團小丑，也像表演默劇，帶著古怪滑稽的喜感，說到一半還喉嚨卡痰，趕緊拿起拍賣臺上的水杯喝了幾口清喉嚨，引起觀眾哄堂大笑。

當然，一般人聽不見這笑聲，離觀眾席近的唐樂初聽得最清楚，在後臺等著下一幕演出的穆丞海應該也聽得到，然而他能聽到多少就不知道了。

「咦，臺下是不是有觀眾的笑聲啊？」換好裝的穆丞海很想先跑去偷看一下前臺的狀況，可是被工作人員阻止，待會兒就要輪到他出場，這時最好別亂跑。

「今天的正式彩排並沒有開放給觀眾進場，怎麼會有觀眾的笑聲？你聽錯了啦！」

「是喔……」他明明聽到了幾千人的哄堂大笑耶！

還是說他們連罐頭笑聲都準備了？

此時，拍賣員喝完水後，拿起一個猴子造型的音樂盒開始介紹，「這個音樂盒是在歌劇院地下室發現的，別看它年代久遠，猴子不像猴子的，功能可是完好如初唷！」

說著，拍賣員開始操縱音樂盒，示範給大家看。

上緊發條，音樂盒上的猴子轉動起來，發出清脆悅耳的聲音，這段音樂並非由交響樂團所演奏，而是預先錄製了一段敲擊水晶玻璃杯所發出的旋律。

舞臺另一邊，投射燈光亮起，穆丞海化身成一名白髮蒼蒼的老人，他拄著拐杖，步履蹣跚，在一名僕人的攙扶下，往舞臺中央走去。

他的眼神，始終專注地看著那個轉動的猴子音樂盒。

「當我們都死去，離開這個世界後，你還會繼續演奏著這美妙的音樂嗎？」他對著音樂盒說，聲音惆悵並帶著淡淡沙啞，彷彿歷經滄桑。

然後，他深吸了一口氣，準備唱出這齣劇中他所演唱的第一首歌，這是原劇中沒有的曲目，內容是羅爾公爵的回憶，因為這個歌劇院的音樂盒，勾起他回想當初和克莉絲汀以及魅影之間所發生的總總事情。

歌曲前十六個小節是清唱，在穆丞海唱完後，交響樂團才會開始演奏，雖然一開始的幾個音並不會太高，但因每四個小節的最後一個尾音都必須拖長，只要走音就會很明顯。

清唱、需要拉長的尾音，再加上是第一首曲子，都是極有可能造成出錯的因素，這也是經過歐陽子奇改編後，對羅爾公爵這個角色而言，會遇到的第一個挑戰，穆丞海格外謹慎。

「當……」穆丞海起了一個音，感覺還不錯，音色漂亮，精準地落在控制範圍內，就在他要繼續往下唱的時候，配合動作走位轉身，他抬頭面向觀眾席，突然一愣。

那個坐滿的觀眾席是怎麼回事！工作人員不是說沒開放嗎？

太過震驚，讓他的全身肌肉一緊，音忽然拔高許多，但因節奏不能落拍，他只得硬著頭皮，強裝鎮定，用著不小心升了幾個調的 key，清唱完十六個小節。

穆丞海原本想說，等交響樂團的音樂下來後，有八個小節是純音樂演奏，可以趁機將 key 調回來。沒想到指揮突然比了一個手勢，整個樂團竟隨著他清唱時的 key 升調！

不會吧！穆丞海在心中崩潰大喊。

原本的曲調在中後半階段，音高就已經在他能唱的極限邊緣，現在再升，他唱得上去嗎？

他可不想發出殺豬般的叫聲硬唱上去，或是破音啊！

穆丞海本來想喊停重來一遍，但他這時才看清楚臺下觀眾的模樣，他們都相當認真地看演出，氣氛嚴肅，而且那燒焦的臉與四肢，明顯就不是正常的人類觀眾，他突然想到，如果此時中斷演出，不知道會不會發生暴動？

這麼想的同時，他的眼角餘光瞄到舞臺旁邊的唐樂初，她正朝他揮動手勢，指示他千萬不要停下。

這更加篤定了他不能中斷的想法。

而且開演前的會議中，子奇就已經慎重地交代過，這一彩排就是當正式表演來看，除非有重大意外，否則就要靠自己的臨場應變能力，讓演出繼續下去。

穆丞海只好硬著頭皮唱完了。

到了最高音部分，他用盡全力硬飆上去，心裡不斷提醒自己，他是銀翼金曲獎最佳男演唱人，B組演出羅爾公爵的人是蔣炎勛，他不能輸、絕對不能輸！還好，雖然在破音邊緣，但好歹也把整首曲子唱完，驚險過關。

而且因為音調變高，營造出來的氣勢更加磅礴、撼動人心，一曲唱完，穆丞海跟拍賣員買下猴子音樂盒，退場，獲得觀眾如雷的掌聲。

接著，拍賣員點亮吊燈，劇場的燈光也全投射在那盞水晶燈上頭，華麗的吊燈在音樂聲中緩緩升起，照亮整個舞臺。

指揮這時舉起雙手，舞動指揮棒，低沉悠揚的序曲響起，舞臺上的背景快速變換，領著整齣劇的時間回到四十年前。

歐陽子奇在場景設計上除了傳統古典之外，加入了一些歌德元素，帶著低調黑暗的奢華風格，連帶演員的服飾與妝容都帶了點頹廢感，但整體又不失莊重，與改編後帶有輕搖滾的音樂曲風十分搭配。

穆丞海退回後臺，眼角掃到窩在角落的唐樂初，趕緊朝她跑過去，「那滿滿的鬼魂是怎麼回事？都是之前大火意外喪生的觀眾？」他剛剛真的快嚇死了！

「應該是……」這種時候，看不到的人真幸福，畢竟對著一大群鬼魂演戲，實在需要很大的膽量。

「如果我們這次的排演出錯，他們會怎樣嗎？」穆丞海問著。

「這點我們都無法保證，但如果我們的立場與那些觀眾對調，想想自己死前的最後一刻因為意外而無法看完一場劇，現在好不容易有機會將劇看完，如果又因為演出出錯而中斷，你會有什麼反應？」

「我應該會很生氣，然後毫不留情地給臺上的表演者噓聲。」這是穆丞海能想到的反應。

「嗯，這算是比較輕微的了。」唐樂初側頭，一臉嚴肅，「我想，若再次中斷，恐怕會勾起他們痛苦的回憶，後果會非常可怕。」

穆丞海聽到最後四個字，渾身不寒而慄。

「那大家真的要認真排演了。不過，妳有看見賽洛斯館長嗎？他不是答應過我們，會保證我們的安全？」

「找他來也沒用。」唐樂初雙手一攤。

普尼．林．賽洛斯曾說過，他無法約束觀眾的行為，就算他在，能給予的幫助也很有限。

「……我有不太好的預感。」茱麗亞曾告訴過他，「夢中」的魅影怪怪的，他原本想找賽洛斯館長問清楚，卻剛好遇上蔣炎勛裝神弄鬼，轉移了注意，後來他就忘了這件事。

場。

唐樂初和穆丞海在後臺分析目前狀況，前臺演出則是輪到女主角克莉絲汀登場。

在《歌劇魅影》裡的這段故事，主要是描述原本在劇團擔任小配角的克莉絲汀，意外獲得演出主要角色的機會，並在眾人面前唱出〈Think of me〉這首經典名曲。

音樂一下，穆丞海和唐樂初趕緊到舞臺邊，偷偷觀看前臺的狀況，畢竟之前茱麗亞．艾妮絲頓練唱時曾因水準不夠，而遭到拜桑歌劇院的工作人員鬼魂攻擊，現在底下是帶著高度期待前來欣賞的觀眾，如果演出有差錯，一定不是燈掉下來就可以收場了。

交響樂團在指揮的帶領下，悠揚演奏出〈Think of me〉的旋律，站在舞臺中央的茱麗亞．艾妮絲頓則配合著音樂，唱出悠揚歌聲。

幾個高低音之間，她將歌曲的情緒表達得很好，歌聲是動人的，就像有許多故事預藏在她的聲音背後，讓人聽完只覺餘韻繞梁，回味無窮。

哇！茱麗亞真的進步超級多！

想起第一次在練唱室聽到茱麗亞唱歌時的景象，穆丞海的嘴角不禁失守，揚起笑容。

見穆丞海還處在欣賞模式，唐樂初趕緊用手肘撞了他一下，「這邊接下來不是有你的臺詞？」

「啊！對喔！」

穆丞海趕緊繞到觀眾席後方的一個VIP包廂裡，才一站上去，舞臺的聚光燈馬上打在他所站立的位置，再慢一秒，就要趕不上了。

他唱了幾句歌詞，然後對著臺上的茱麗亞．艾妮絲頓大喊：「Bravo！」

接下來幾幕都還算順利，整齣劇轉眼間來到穆丞海飾演的羅爾公爵，在克莉絲汀表演完後，到後臺的更衣間邀請她外出慶功，克莉絲汀則要他先在外頭等著，這一幕，也是克莉絲汀第一次與魅影打上照面。

演音樂劇真的好累啊！穆丞海退出臺前，回到舞臺後方，才想喝口水稍微休息一下，但當魅影的聲音響起時，他立刻錯愕地愣住。

「這不是子奇的聲音……」

聲音很像，卻有微妙的差別，一般人可能聽不出來，但他們合作這麼久了，好友的聲音是怎樣，他自然不會聽錯，而且，這首曲的唱法和詮釋方式，跟排練時也不同。

穆丞海悄悄走到舞臺邊，拉開布幕一角，看著舞臺上的演出。

臺上目前只有茱麗亞．艾妮絲頓一個人，她與躲在暗處的魅影認真對唱，茱麗亞．艾妮絲頓聽不出音色的差異，但和許多人演過對手戲的她，對於對話的節奏卻相當敏銳，此刻魅影說著對白時的抑揚頓挫，也讓她察覺不對勁。

雖然是和歐陽子奇飾演的魅影對唱，卻讓她聯想起在夢中教導她唱歌的魅影，一股又熟悉又害怕的感覺油然而生。

曲子唱到一個段落，這裡的劇情是魅影要克莉絲汀走到穿衣鏡前，克莉絲汀在鏡中看到魅影出現，受到誘惑，想接近魅影，而自己主動走進穿衣鏡裡，進入歌劇院的隱藏地道。

當魅影出現在鏡中時，在舞臺側邊觀看的穆丞海，眉頭皺得更緊了。

奇怪，雖然戴著面具遮去半張臉，看那身形確實是子奇沒錯。

難道是發燒導致喉嚨發炎，才讓他的聲音和平時不同？

穆丞海還在疑惑，魅影卻突然伸手拉住茱麗亞・艾妮絲頓。

由於他的動作太突然，和之前彩排時不一樣，茱麗亞・艾妮絲頓被嚇了一跳，本能就往後退。

魅影見她掙扎，非但沒有放手，反而加重力道，將茱麗亞・艾妮絲頓一把往鏡子裡扯。

「羅爾……不！小海！救我——」恐懼盈滿全身，顧不得還在舞臺上演出，茱麗亞不禁失控尖叫。

驚覺事情非常不對勁，穆丞海趕緊奔上舞臺，跟著一同衝進鏡子裡。

在A組原本的設計裡，穿衣鏡應該是連接通往後臺的走道。但是當穆丞海踏進穿衣鏡後，卻進入一個霧氣繚繞的空間，完全聽不見舞臺上的音樂聲。

他小心翼翼地往前走，越走越篤定自己絕不是在通往後臺的走道，反倒真的像是如劇情所寫，進入歌劇院不為人知的隱藏地下道。

他再往前走了一小段路，霧氣散去不少，路的盡頭隱約有兩個人影，穆丞海加快腳步，往他們走去。

「茱麗亞？子奇？」

茱麗亞．艾妮絲頓跌坐在地，歐陽子奇則站在她面前，聽到叫喚，茱麗亞頓轉頭看向穆丞海，波浪捲的金色髮絲蓬亂，臉上滿是淚水，她的聲音顫抖，模樣楚楚可憐。

「不……不是……他不是子奇……」

魅影臉上的面具已經摘下，穆丞海疑惑，那確實是歐陽子奇的臉，為何茱麗亞說他不是子奇？

想起之前她說在「夢中」與魅影的互動，穆丞海不太確定的叫了一句：「……賽洛斯？」

歐陽子奇揚起微笑，朝他行了一個標準的紳士禮，優雅的舉止說明了一切。

「賽洛斯！你附子奇的身幹嘛！」穆丞海氣得大吼。

該死！他忘記子奇只要身體虛弱到一定程度，就很容易被附身這點了！早知道昨天他就該堅持取消今天的排演，讓子奇好好休息。

「為了克莉絲汀……我的天使……」普尼．林．賽洛斯的眼神又落回茱麗亞．艾妮絲頓身上，深邃的眼眸柔得可以化成水，他低沉的嗓音開始唱起魅影的歌詞，投入的程度，幾乎就像他本人就是魅影一樣！

「你……」穆丞海一個箭步衝上前，抓住賽洛斯的肩膀直晃，「賽洛斯，別鬧了！你已經不是《歌劇魅影》裡的魅影了！快停止你的舉動，離開子奇的身體！」

普尼．林．賽洛斯完全沉浸在自己的世界裡，他用力推開穆丞海，朝茱麗亞．艾妮絲頓伸出手，「跟我走……」

「小海……」茱麗亞．艾妮絲頓不知所措，她渾身顫抖，無助地看向穆丞海。

穆丞海也不知道怎麼辦才好，深怕如果來硬的會傷害到子奇的身體，他觀察賽洛斯，發現他的眼睛只專注地看著茱麗亞，於是叫茱麗亞試著說：「拒絕他！」

茱麗亞猶豫了下，鼓起勇氣對著被普尼．林．賽洛斯說：「我……我不會跟你走。」

「跟我走……」魅影不為所動，充滿誘惑的聲音再度響起，並且重複地說著這句臺詞。

一瞬間，茱麗亞・艾妮絲頓突然明白了，魅影看著的人並不是她，而是她所飾演的克莉絲汀。之前演電影時，他們也會遇到這樣的情況，如果有一方突然忘詞，另一方就會特別強調某句臺詞，或是試著用肢體跟表情引導對方繼續下去。

「小海，把戲演完。」回到自己有把握的熟悉領域，茱麗亞・艾妮絲頓逐漸冷靜下來，她轉頭對著穆丞海說。

「演完？」穆丞海的演戲經驗沒有茱麗亞・艾妮絲頓豐富，一時沒會意過來她的意思。

「羅爾的臺詞啊！」

「哪一幕的臺詞？」羅爾的臺詞很多耶！

「魅影最後出場那一幕呀！」茱麗亞・艾妮絲頓險些翻白眼，耐著性子解釋道，「魅影、羅爾跟克莉絲汀在劇院地底，魅影要克莉絲汀跟他走的那一幕。」

「瞭解！」

接著，穆丞海朝著賽洛斯大喊：「放開她，別傷害克莉絲汀！」

終於接到往下一段劇情前進的指令，普尼．林．賽洛斯不再重複說著「跟我走」，而是陰森狠戾地笑了起來，轉身走向穆丞海，「噢！克莉絲汀，我們有訪客。」

在賽洛斯身後的茱麗亞則是拚命用嘴形示意穆丞海唱下去。

被賽洛斯附身的歐陽子奇，散發出充滿邪惡的壓迫感，頓時讓穆丞海退了一步，心裡真想直接拔腿就跑。

不過轉念一想，如果就這麼跑掉，茱麗亞怎麼辦？子奇又怎麼辦？

穆丞海只好硬著頭皮繼續唱：「放她走，只要放了她，你想怎樣都行，難道你沒有半點憐憫之心嗎？我愛她，請你憐憫我。」

「憐憫？我憐憫你們，這世上卻從沒有人憐憫過我！」

賽洛斯激動大吼，同時，抽起歐陽子奇身上的皮帶，趁穆丞海來不及反應，俐落地圈住他的脖子，用力一勒。

脖子處傳來劇痛，穆丞海在心裡大叫——哇靠！不會吧！來真的啊！

有危險的人好像變成他了……

「茱……麗亞……」穆丞海感覺到勒住脖子的力道更加重了些，似乎是在怪罪他喊錯名字，他趕緊改口，「克……莉絲汀……」

「除了克莉絲汀，沒有人可以救你！」賽洛斯發出陰沉笑聲，「克莉絲汀，用妳的愛買下他的自由，如果妳拒絕我，就是讓妳的愛人去送死！」

「不！別逼她……別逼她為了我說謊！」穆丞海說著羅爾的臺詞，但心裡其實吶喊著「快答應他」，繩子越勒越緊，再這樣下去，不用等戲演完，他就要先掛了。

「做出妳的決定，克莉絲汀！」

終於來到他們能否得救的關鍵劇情，縱使心裡很慌，茱麗亞．艾妮絲頓還是穩住步伐，堅定的走到賽洛斯面前，溫柔唱著：「音樂天使，可憐的人……你到底過著怎樣的生活？上帝賜給我勇氣，讓你知道，你並不孤獨……」

唱完，她在賽洛斯的唇上印下一吻。

這一刻，按照劇情，魅影應該要因為克莉絲汀的愛而崩潰，決定放她和羅爾離開，但賽洛斯的心意難以捉摸，誰知道他會不會不按劇情演出。

穆丞海心急如焚，如果賽洛斯突然發神經要把茱麗亞帶走，他該怎麼辦？尤其是他的脖子上還繞著一條皮帶，皮帶的另一端，正被賽洛斯握住，完全受制於人啊！

好在，事情並沒有往最壞的方向發展。

賽洛斯放掉皮帶，退開來，「帶她走！忘了我，忘記這一切，就留下我一個人……快走！」，他痛苦地說著，踉蹌的身影慢慢往地道深處走去。

穆丞海趕緊扯掉纏在脖子上的皮帶，跑到茱麗亞身邊，扶住她，往他們來時的方向逃離。

邊跑時穆丞海還邊問：「後面的歌詞還要繼續唱嗎？就是妳愛我我愛妳，我們要在一起生生世世那一段？」

「不用啦！還唱什麼，趁現在快跑！」

茱麗亞說的沒錯，還管戲有沒有演完，賽洛斯不在，逃命要緊！

跑到一半，穆丞海突然停了下來。

不對，賽洛斯還附在子奇身上，他跟茱麗亞是走成了，但子奇還在裡面，他不能眼睜睜看著賽洛斯把子奇帶走！

「茱麗亞，妳先回去找救兵，跟小初說我們遇到的情況，她一定會相信妳的！」交代完，也不等茱麗亞回應，穆丞海往魅影消失的地道盡頭跑去。

「你要去哪裡？小海，回來呀——」小海竟然把她一個人丟在這裡，茱麗亞氣得直跺腳。

罷了，就算她跟著海也幫不上忙，還是聽他的話去找救兵吧！茱麗亞趕緊往地道入口方向跑回去。

「賽洛斯——魅影——子奇——」

奇怪，是躲到哪去了？穆丞海在宛如迷宮的地道搜尋著，「不管你現在是誰，都該死地快給我出來！」擔心著歐陽子奇的安危，穆丞海內心的恐懼感消失地無影無蹤。

此時，遠方傳出微弱的哭泣聲，穆丞海循著聲音的來源而去。

不大的四方形空間，好幾根支撐著歌劇院的柱子，被賽洛斯附身的歐陽子奇就坐在斑駁的階梯上，從上方破舊窗戶射進來的光線，打在他身上，形成舞臺燈的聚光效果。

聽見腳步聲，賽洛斯抬起頭，露出疑惑的表情，「為什麼是你折回來？」也難怪賽洛斯會納悶，因為按照劇情，折回來的應該是克莉絲汀，她會將手上的戒指拔下來，還給魅影。

「因為，我不能讓你就這樣把他帶走！」穆丞海指著歐陽子奇的身體咆哮。

「為什麼不能？」賽洛斯反問，語氣憂傷而自憐，「魅影……在這世界上也就只有同樣身為魅影的人可以相陪了……」

什麼意思？這又是哪一段的臺詞？他怎麼一點印象都沒有？賽洛斯不會真的是想拖著子奇去死吧？

「賽洛斯，你聽著，我才不管你要演你的魅影到什麼時候，但給我離開子奇的身體，你愛演自己去演！」

如果穆丞海夠冷靜，他就會發現賽洛斯在聽完他的話後，突然閃過一個算計的笑容，但他實在太擔心子奇了，錯過拆穿他的關鍵，只能受制於對方。

「克莉絲汀……妳愛著他嗎？愛著這副軀殼原本的主人？」賽洛斯面露哀傷地問著。

現在是什麼情況，他不是羅爾嗎？怎麼又變成克莉絲汀了？

被賽洛斯搞得腦袋一團混亂，穆丞海受夠了，不想繼續陪著他瞎起鬨，「克你個大頭鬼，我不是克莉絲汀，也不是羅爾公爵，我是穆丞海，穆——丞——海——聽清楚了沒？喂，別衝動！」

見穆丞海不想陪自己玩了，賽洛斯又拿起皮帶，圈住自己的脖子，作勢要用力一勒。

「有話好說！你想怎樣都可以商量，但別傷害子奇的身體！」最好連勒痕都別留下，否則等子奇醒來，看到自己脖子上的痕跡，他要怎麼解釋？

「沒有什麼好商量的，只有『愛』才能改變我。」停下動作，賽洛斯瞅著穆丞海，「你愛他嗎？」

到底在說什麼！

「他是我的搭檔，工作上的好伙伴。」

「你愛他嗎？」
「我們從小就認識，也是青梅竹馬的好朋友。」
「你愛他嗎？」
為什麼又進入重複說著某句臺詞的鬼打牆模式啊？你又不是電玩裡面的NPC，沒答出預設的答案就只會重複說同一句話。而且，你的預設答案到底是什麼？不會是要他回答……
「我、我……愛……他……」
「你要如何證明？」賽洛斯露出一個詭異萬分的笑容。
還真的是這個答案咧！穆丞海快被逼瘋了，「夠了！賽洛斯，快給我離開子奇的身體，把子奇還給我！」
「你要如何證明你的愛？」
很好，下一個鬼打牆。
「你要我怎麼證明？」這次，穆丞海放棄掙扎，直接反問賽洛斯。
賽洛斯沒有正面回答，低沉嗓音開始唱著：「音樂天使，可憐的人……你到底過著怎樣的生活？上帝賜給我勇氣，讓你知道，你並不孤獨……」

咦？這歌詞滿熟悉的……不就是克莉絲汀對著魅影唱的歌詞嗎？而且唱完之後，就是……

天啊！不會是要他吻子奇來證明自己的愛吧？

「你是認真的嗎？真的要我吻……」

賽洛斯動了動握著皮帶的手，大有穆丞海不照著做，就要和歐陽子奇同歸於盡的態勢。

穆丞海怕他真的用力，於是趕緊衝上前去，拉住他的手。

吻就吻吧！反正就是演戲嘛！他這是為戲犧牲……為戲犧牲……

心理建設完後，穆丞海閉上眼，用著壯士斷腕的決心嘟起嘴，往歐陽子奇的薄唇湊上去。

速度放得很慢很慢，兩張臉越靠越近，近到可以感受到對方的呼吸噴灑在自己臉上，溫溫熱熱的，有點癢。

「穆、丞、海──你要是敢親下去，你就死定了！」

就在彼此的唇瓣距離不到兩公分時，一道彷若從地獄爬上來的冰冷聲音，咬牙切齒地警告。

穆丞海驀地睜開眼，往後頭退了好大一步。他的手裡還握著皮帶，皮帶的另一端繞在歐陽子奇脖子上，因為他後退的動作，皮帶被用力地扯了一下，同時，他接收到一記殺人眼神。

只見賽洛斯已回復到鬼魂狀態，就站在歐陽子奇身後，用著一副看好戲的表情朝穆丞海笑。

穆丞海看了看恢復意識的歐陽子奇，循著他脖子上的皮帶，再看向自己握著皮帶另一端的手……

這個樣子，活像他是變態一樣！

賽洛斯什麼時候不脫離，偏偏挑這個時候，根本是在耍他嘛！

「子奇，你聽我解釋……」穆丞海迅速放開皮帶，換上一副求饒表情。

「我都不知道你有這種嗜好。」歐陽子奇解開脖子上的皮帶，接著握拳，將自己的指節折得喀喀作響。「你最好解釋清楚。」

「有話好說……」

殺氣太重，還是先閃好了，穆丞海往後頭緩緩移動一步後，轉身拔腿狂奔。

「還敢跑！」

於是，被殺人魔追殺的戲碼，在拜桑歌劇院的地底，正式開演。

看著穆丞海與歐陽子奇的追逐，賽洛斯莞爾。

「謝謝你們，讓我有如此愉快盡興的一刻，而我的戲份，也終於結束了……」

Chapter 8

曲終，人散……鬼還在

如雷的掌聲響徹表演廳，為這次多災多難的的《歌劇魅影》競演，畫下完美句點。

原本大家還擔心票房會很差，因為不管是歐陽子奇的A組，抑或是丹尼爾．布魯克特的B組，在這個國家都沒什麼知名度，僅僅只在公演前上了一次節目宣傳。

結果，最後竟是靠著鬼魂觀眾們的託夢推薦，讓兩邊的門票全都賣光，演出大獲好評。

最後王軍浩只好宣布這次的競演兩組平手，不管大家甘心或不甘心，也只能接受了。

慶功宴後，穆丞海和唐樂初回到拜桑歌劇院，在走廊上遇到賽洛斯和老皮。

根據唐樂初後來的轉述，正式彩排那天，歐陽子奇、穆丞海及茱麗亞．艾妮絲頓三個人在舞臺上突然消失，過了很久還是遲遲未出現，臺下的鬼魂觀眾見演出莫名中斷，突然失控，頻頻在歌劇院內製造意外。

東西到處飛來飛去，尖叫聲此起彼落，連沒有陰陽眼的人也看到了鬼影，工作人員嚇得四處亂竄。

那時，穆丞海也同樣在歌劇院地底下四處亂竄，只是他不是被鬼嚇，而是被歐陽子奇追殺中。

後來，是賽洛斯先回到地面上，請唐樂初在中間做溝通，跟茱麗亞・艾妮絲頓一起把剩下的劇情演完，才安撫了暴動的鬼魂觀眾，沒有釀成更大的災難。

回想起來，茱麗亞也滿厲害的，她看不見賽洛斯，所以對她來說，其實是一個人對著空氣盲演，卻還能掌握好克莉絲汀這個角色，不愧是享譽國際的實力派女演員。

等鬼魂觀眾都冷靜下來後，賽洛斯館長還請他們幫忙，回去向他們生前的好友或親人推薦。也就是說，賽洛斯幫了他們大忙，穆丞海本應感謝他的，偏偏在地底又被他狠狠整過，害他現在對賽洛斯的情緒很複雜。

倒是賽洛斯看到他們，就先致歉：「請你們原諒那些鬼魂觀眾，彩排那天他們不是有意要鬧事的，只是因為表演中斷，使得他們想起火災那天的情景。」

穆丞海和唐樂初點點頭，表示可以理解，也不會怪罪。

「賽洛斯館長，現在《歌劇魅影》也演完了，你總算可以拿掉一直戴著的魅影面具了吧？」

「我會還戴著面具，是因為怕嚇到你們。」普尼．林．賽洛斯解釋，「我是在火災意外中喪生，臉已經被燒焦，之前摘下面具與你打上照面時，有事先刻意恢復成完好無缺的臉，但我也沒有能力一直維持著那個樣子。若你們不介意，我這就把面具摘下——」

說著，賽洛斯作勢摘去面具。

「不不不！沒關係，戴著面具也蠻好看的。」穆丞海連忙阻止。開玩笑，他還記得第一天來到拜桑歌劇院時，就已經被那一張張燒焦的臉孔嚇過，這些天也見過好幾次，那種慘不忍睹的恐怖模樣，少見一次是一次。

「但我不了解的是，既然只要把戲演完就可以安撫往生的觀眾，這些年來你們為什麼不找機會把後面的部分演完呢？」穆丞海疑惑地問。

讓大家早點了卻心願，趕快去投胎不是很好嗎？省得拖到這時他們來拜桑歌劇院演出，還要被驚嚇。

「因為演員不夠。」有點空洞的聲音代替賽洛斯館長回答，「那場大火，館長為了讓大家先逃，自己殿後，當年演出克莉絲汀與羅爾的演員都安全逃離了。就算想演完，也缺了兩個要角。」

回答穆丞海的不是賽洛斯，也不是唐樂初。

除了老皮，在場也沒有其他的人或鬼魂了。

穆丞海看向老皮，酸不溜丟地說：「原來你會講『害你跌倒』以外的話啊？」

「當然，好歹我生前也是歌劇院的發言公關，口才好得很呢！」老皮驕傲回應。

「不過……我很好奇，你到底是從哪裡發出說話聲音的？」

「當然是從我的嘴。」

「你不是沒有頭嗎？哪來的嘴巴？」穆丞海更疑惑了。

「誰說我沒有頭的，我的頭在盔甲裡。」

穆丞海嘴角抽搐，「既然有頭，幹嘛藏在盔甲裡啊？難道是盔甲太大件嗎？還是說你也怕燒焦的臉嚇到人？」害他一直以為老皮是「無頭」騎士。

「我不是被燒死的，當時我人在拜桑歌劇院的入口處，沒被火燒到，那是因為……好啦！你想看，我就露個臉給你看吧！」

一顆頭緩緩地從盔甲裡伸了出來，先是露出一頭蓬鬆捲髮，看起來還算正常，只是頭髮有點亂，像是很久沒整理，黏著一層厚厚的髮油，等等……那好像不是髮油，是……腦漿！一張血肉模糊的臉，還有一隻眼睛要掉不掉的，半掛在眼窩上。

乍見這慘狀，穆丞海和唐樂初身體一僵。

「我是被倉皇逃命的觀眾給踩死的——！」老皮說著說著，突然湊近穆丞海大叫一聲，嚇得穆丞海整個人跳了起來，險些跌倒。

見老皮又對穆丞海下手，唐樂初挽起袖子，就要往老皮揮拳過去，老皮趕緊躲到賽洛斯身後，嘴裡同時嚷嚷著：「小初為什麼總是護著這個小子啊？」

老皮叫得親暱，這陣子唐樂初老是追著他跑，跑著跑著，玩得快樂，也跑熟了，當然這是老皮單方面的認知，唐樂初可是氣他氣得要死。

為什麼要護著穆丞海？這個問題讓唐樂初和穆丞海頓時有點尷尬。

唐樂初原本就欣賞穆丞海這樣個性直率的人，再加上後來知道自己的前世是穆丞海的媽媽，心裡更有一份愧欠，想要在這輩子彌補他未曾感受過的母愛，所以行為上就更加護著他。

雖然他們一開始就說好前世是前世，跟這輩子沒關係，但說歸說，唐樂初還是忍不住想去保護穆丞海。

「那當然是因為……我前世是小海的媽媽呀。」唐樂初彆扭解釋。

聞言，賽洛斯神情古怪地看向他們，再次確認，「妳剛剛說的前世，是指在拜桑歌劇院前面廣場賣飾品的那一世嗎？」

「是啊。」唐樂初點頭。

「這不可能。」普尼・林・賽洛斯斬釘截鐵地回她。

「為什麼？」唐樂初和穆丞海同時問。

「可否先讓我瞭解一下，為什麼你們會這樣認為？」

「因為這條項鍊。」穆丞海將掛在脖子上的項鍊從上衣領子裡拉出來，「你不是說，這條項鍊是小初的前世親手製作，全世界獨一無二？」

「但這並不表示，製作這條項鍊的人就是你的媽媽，那也可能是你媽媽向小初買來給你的。」

確實是有這個可能，但在這之前，唐樂初對穆丞海就已經充滿母愛了，這不是前世的記憶影響是什麼？

「況且，」普尼·林·賽洛斯說出了讓他們的希望徹底毀滅的話，「上輩子的小初，是個男生。」

所以，唐樂初並不是他的媽媽，自然也無法在回國後帶她去找大師，解決陰陽眼問題了！

得知真相後，穆丞海嘆了一口氣，現在他和唐樂初見面時超尷尬的，比當初誤以為是母子時還尷尬。

今天，所有演員和工作人員將會搭飛機回國，穆丞海和歐陽子奇早一步整理好行李，坐在拜桑歌劇院的大廳等候。

「小海，子奇！」

遠遠地，就見丹尼爾．布魯克特和夏芙蓉手牽著手，熱情地向他們打招呼，夏芙蓉的長髮剪去，現在是一頭俏麗短髮。

「你們還在演出冷戰的戲碼？」穆丞海小聲詢問歐陽子奇。

「沒有了。」

「那他們幹嘛還牽手牽得那麼緊？」

「因為他們真的在一起了。」

噗——

一口水噴得好遠，正巧在喝水的穆丞海嗆到，「怎麼……咳咳咳……怎麼在一起了？咳咳咳……」

「讓他們自己告訴你吧。」

夏芙蓉嬌羞地看了一眼丹尼爾，丹尼爾也回她一個熱切的眼神，然後由夏芙蓉將事情經過告訴穆丞海。

原來，鬼魂觀眾群起暴動那天，夏芙蓉和丹尼爾．布魯克特正湊在一起討論歌唱技巧，當時夏芙蓉被到處亂飛的東西嚇得花容失色，但她還是在一個燭臺倒向丹尼爾時，奮力衝上前，將他一把推開。

燭臺倒在夏芙蓉身上，她超寶貝的長髮因而著火，雖然丹尼爾即時將火撲滅，卻免不掉必須將燒焦的部分剪去的命運。丹尼爾不慎將夏芙蓉推落運河時，內心就已經對她很愧疚了，現在又因為要救他，害夏芙蓉必須剪掉頭髮，心裡更過意不去。

夏芙蓉則是抓準這個時機，壯起膽子向丹尼爾表明喜歡他的心意。

起先丹尼爾特還有點錯愕，但他的內心因為夏芙蓉的話而狂喜，那是無法視而不見的強烈感受，他沒有考慮很久便欣然接受，原本對茱麗亞·艾妮絲頓的愛，瞬間就變成為夏芙蓉而燃燒。

也因為丹尼爾·布魯克特的態度轉變太快，歐陽子奇擔心他的愛來得快，去得也快，於是跟夏芙蓉商量好，對外還是先暫時維持他們未婚夫妻的關係，等到她和丹尼爾的戀情穩定一點後，再對外宣布。

穆丞海聽完有點無言，這就是標準的趁亂告白嗎？

「你們兩個，不管最後是誰和茱麗亞在一起，請一定要好好照顧她。」丹尼爾·

布魯克特突然態度誠懇的對著歐陽子奇和穆丞海說。畢竟茱麗亞是他曾經瘋狂喜歡過的女孩，他自己現在得到真愛，也希望她能尋到幸福。

「紅毛丹，管好你自己和小蓉就好了，這麼雞婆還管到別人的戀情上頭。」穆丞海翻了翻白眼。

「還有，我們就不跟你們搭同一班飛機回去囉！這裡的風景很漂亮，我和小蓉要多住幾天，提前享受蜜月假期。」

蜜月？也太快了吧！才剛在一起，就要度蜜月？

「慶祝蜜月啊！那正好，可以順便來參加我們的派對。」賽洛斯走近他們，提出邀請。

「什麼派對？」

「一場慶祝夏芙蓉小姐和布魯克特先生能共結連理，還有慶祝《歌劇魅影》的演出能圓滿成功，熱熱鬧鬧的嘉年華派對！」

「呃，還有邀請誰嗎？」

「所有的人，還有——鬼！」賽洛斯興奮地宣布。

「啊——」

遠處傳來一聲尖叫。

「怎麼回事？」夏芙蓉驚恐地問，丹尼爾趕緊將她護入懷中。

「派對開始囉！」說著，賽洛斯突然現形，連歐陽子奇、丹尼爾．布魯克特和夏芙蓉都可以清楚看見他的樣子，接著，他伸手要摘面具。

「別摘！」

穆丞海大喊，可是阻止不了，當夏芙蓉看到賽洛斯的臉時，又是一聲劃破天際的尖叫聲。

所有人都在問發生了什麼事？問完後馬上便理解了拜桑歌劇院又鬧鬼了，跑的跑，逃的逃，許多人拿起行李，就想自己招車去機場避難。

「賽洛斯，為什麼要這麼做？」穆丞海看著這一片混亂，頓覺渾身無力。

「這是送給你們的餞別禮物，讓你們能夠永遠記得拜桑歌劇院，記得這些鬼魂！還有，謝謝你們將《歌劇魅影》演出得這麼精彩！」

這是哪門子的酬謝方式！

「所以，等這個派對結束，你們也會心甘情願去投胎了？」

賽洛斯搖頭，「還不到重新投胎的時候，我們還得開始準備下一個新的劇碼呢！」

「你的意思是，你們還會繼續留在拜桑歌劇院裡，演出歌劇給那些鬼魂觀眾觀賞？」

「是的。」

很好！穆丞海嘴角抽動。之後不管有多大咖的角色要合作，多龐大的資金，多傑出的劇本，他，穆丞海，打死都不會再踏進拜桑歌劇院！

Chapter 9

災難，還沒結束……

穆丞海從浴室裡衝出來，只在下半身圍了條浴巾，頭髮還在滴水，趕緊接起響了很久的手機。

「喂，小楊哥啊，什麼事？」

穆丞海和歐陽子奇剛拍完廣告回家，才脫光泡進浴缸想紓解一下痠疼的肌肉，就聽到外頭的手機在響。本來不想接的，但手機響了好幾次，還是沒有放棄撥打，穆丞海只好勉為其難地從浴缸起身。

歐陽子奇正坐在沙發上翻閱雜誌，穆丞海匆忙跑出來接手機時，他淡淡地瞟了他一眼，原本想繼續回到雜誌上頭，但穆丞海濕漉漉的頭髮一直將水滴在地毯上，他實在看不下去，起身拿了條毛巾丟到他頭上。

「你在哪？子奇跟你在一起嗎？他的手機怎麼沒開機？」另一頭的楊祺詳，聲音聽起來很焦急。

「你的手機沒開？」接住歐陽子奇丟過來的毛巾，穆丞海問他。

「沒電了，正在充。」今天忘記帶行動電源出門，手機比他先收工。

「小楊哥，我跟子奇都在家裡，你有事找他嗎？他手機沒電，正在充。」

「好、好，都平安在家就好，那叫子奇先不要開機。」

「發生什麼事了？」小楊哥會特地打電話來通知不要開機，一定是發生什麼大事情了。

「還不就……唉，上次你、子奇、茱麗亞和丹尼爾這個四角戀情的新聞，好不容易降溫了一些，結果，今天早上有記者在機場拍到小蓉和丹尼爾的接吻照，劇情已經發展到五角戀情了！」

對齁！小蓉和丹尼爾搭今天的班機回來，他還在想要不要去接機咧！

「消息還沒爆開，但經紀公司這裡已經接到好幾通電話打來求證，問我們子奇和小蓉的感情是不是生變，問他們的婚約是不是取消了，何董雖然極力拜託那些記者們先不要將新聞報導出來，不過我猜應該很難壓得下來，大概沒多久就會是各大媒體的娛樂版頭條了。」

等到新聞爆開，他們又要接電話接到手軟了。

穆丞海震驚，圍著下半身的毛巾差點掉落，「什麼！意思就是說，好不容易安靜一點的生活，要結束了嗎？」

雖然事實真的是小蓉和丹尼爾在一起了，但由他們自己公布消息，和由記者先拍到照片去追出消息，即便只是先後順序不同，但震撼程度跟破壞力完全不能相比啊！

穆丞海的臉色一陣鐵青。

「怎麼了？」歐陽子奇關心問道。

「不——」手機那頭的楊祺詳突然哀嘆，「T臺已經用重點插播的方式報導了！」

穆丞海一聽，趕緊拿起遙控器，打開電視轉到T臺。

幾張照片輪流在電視上播放，搭配主播唯恐天下不亂地講解，臆測著這五個主角現在到底是什麼關係，還放上茱麗亞、夏芙蓉、丹尼爾和歐陽子奇的比較表格，探討誰的條件好，誰獲得的勝數比較多。

看到電視報導，歐陽子奇也知道發生什麼事了，臉色陰沉到極點。

此時，大樓的內線對講機響起，穆丞海趕緊放下遙控器，走過去接，「我是丞海。」

「小海嗎？」

大樓管理室的櫃台是一位中年阿伯值班，服務熱心，也和穆丞海混得很熟，他用著一口臺灣國語說：「樓下突然來了好多轉播車跟記者捏，我已經叫大樓警衛擋住他們了，打電話通知你們一下，你們出入要小心一點捏。」

「好……謝謝伯伯通知，我們知道了。」

穆丞海把對講機掛上後，市內電話接著響起，知道他們市話號碼的都是親朋好友，歐陽子奇走過去接，才剛拿起話筒，一聲震天大吼就傳了出來，連站在稍遠處的穆丞海都清楚聽見對方的聲音。

「子奇，你和小蓉到底是怎麼回事？快給我解、釋、清、楚——！」

那是歐陽子奇的父親歐陽奉的聲音，穆丞海苦笑了下，伯父還真是老當益壯，肺活量驚人啊！

唉，與子奇對看一眼，兩人不約而同嘆氣。

災難，在又一個誤會後，還沒結束……

——《探問禁止！主唱大人祕密兼差中02》完

Side story

小楊哥的一天

AM 06：50

清晨的陽光透過窗戶灑入，楊祺詳從溫暖的被窩中醒來，坐起身，輕揉著雙眼，伸手探向床頭櫃，拿起眼鏡戴上，視線變得清晰，頭腦也跟著清醒過來，接著，他再度把手伸往床頭櫃，拿起記事本，翻開。

今天是七月十二日，九點鐘 MAX 要在公司攝影棚拍 MV，導演是地雷很多、而且踩到後場面會很難收拾的史柯林，絕對不能遲到……

十點半有一個專案會議要開……下午的行程……

確認完畢，闔上記事本，一如往常，鬧鐘在此刻響起，他伸手按掉，分秒都沒有浪費。

「加油！」他對自己喊道。

相信今天也會是美好的一天！

AM 07：00

迅速梳洗完畢，他換上襯衫、打好領帶，把小佟叫醒後，就到廚房準備大家的早餐。

首先，倒了碗鮮奶加入麥片，煎顆蛋和培根，擺到餐桌上，叮嚀小佟乖乖吃完。再來是小海的餐點，他在平底鍋裡放進兩片昨夜醃好的漢堡肉排，拿出烤好的貝果抹上蔬菜馬鈴薯泥，再將熱牛奶裝進保溫瓶。

小海相當挑食，只吃肉不吃菜，這個飲食習慣使得維持身材變成一項大挑戰，但在他大聲嚷著寧可多運動也不想節食後，何董拿他沒轍，只能叮嚀他要更注意配餐，於是他只好準備一些挑不出蔬菜的食物。

至於子奇，他的問題是口味清淡、愛好蔬食，餐點要是稍微太油或過鹹，他寧可餓肚子也不吃，要特別小心他因為熱量不足而過瘦。好在子奇喜歡喝很甜的拿鐵，還能稍微補足熱量。

最後，將準備好的早餐裝進保鮮盒裡，替自己倒了杯熱咖啡，才到餐桌前坐下。

「爹地沒有吃早餐！」小佟將最後一口培根送進嘴巴裡，看到他面前空蕩蕩的，大聲指責他。

這讓他感到愧疚，畢竟身為一個父親，卻沒有以身作則，以後實在很難有立場再盯著小佟把早餐吃完，但看了看表，今天工作開始得早，實在沒有多餘時間讓他吃早餐了。

「爹地到公司後會利用時間吃。」他刻意在小佟面前把三明治裝進袋子裡，再三保證，小佟才願意背上書包，跟著他一起出門。

AM 07：40

將小佟送到學校後，他來到了小海和子奇的住處，刷完磁卡，打開門，房子裡靜悄悄的，顯然兩個人都還在睡。

他先走到子奇的臥房前，輕叩了兩聲，等待裡頭的回應。子奇不太喜歡別人踏進自己的私人領域，還好他淺眠又不會賴床，通常只要敲敲房門就可以把他叫醒。

「……我醒了。」房裡傳來子奇的聲音。

「早餐我放在餐桌上了。」隔著門板，他對著子奇說。

子奇沒有回答，不過從房間裡隱約傳出的流水聲，顯示子奇已經起床開始梳洗，於是他轉往另一個房間，進行今天的第一個艱難挑戰——叫小海起床。

他連敲門都省了，直接開門走進小海的房間，小海跟子奇不同，如果只是在門外敲，就算把雙手都敲斷，也沒法把人叫醒。

小海的睡姿跟他的個性一樣，向來很「奔放」，如果偷偷把他現在的睡姿拍下來賣給八卦記者，肯定能拿到不少錢，不過在那同時，他應該也會被極度重視 MAX 形象的子奇殺了。

「小海，起床了。」他搖動小海的身體，輕拍他的臉頰，他老大給他的反應，是翻過身，把被子捲得更緊，眼皮張都沒張。

於是，他只好一如往常地和穆丞海上演起棉被搶奪戰。

二十分鐘後，好不容易把人從床上挖起來，推著他進浴室盥洗，等他回到客廳時，子奇已經穿戴整齊坐在餐桌前，優雅地吃著早餐，手裡翻著他從樓下信箱拿上來的早報。

他看了看表，離預定出發的時間只剩十分鐘，才想催促小海加快動作，他就風風火火地從房間裡跑出來，並且再用不到兩分鐘的時間嗑光早餐。

……好吧，至少確保他們不會遲到，楊祺詳在心中嘆了口氣。

AM 08：10

抵達公司，趁著小海和子奇做造型的空檔，他打算再次確認等一下開會的資料，於是往自己的辦公桌方向走去。

才看了沒多久，一名同事緊張地跑來，告訴他攝影棚那裡有狀況，史柯林導演氣到直接離開公司了。

他連忙趕過去，遠遠地，就看到穆丞海和歐洋子奇在人來人往的走廊上吵起來了，當下他的心臟差點沒停止。

「你要是這麼龜毛，乾脆不要拍了！」他還沒弄清楚是什麼狀況，就聽見小海對著子奇吼道。

小海竟然敢公然對嗆子奇！他受到的驚嚇大概就和看到有顆人頭從他面前飄過去一樣。

「隨你。」子奇也很火大，轉身就走進他專屬的休息室，把門重重甩上。

他還來不及去安撫他們，就被小海一把拉住，「小楊哥，我要去參加育幼院的活動啦！」

「小海，這件事我們不是說好了？今天你的工作滿檔，實在排不出時間來……」

他對小海感到很抱歉，只要跟育幼院有關的活動，都是小海很重視、想要擺在第一位完成的，但史柯林導演本身也很忙碌，突然要求改成今天拍攝，為了讓工作能夠順利完成，他只好答應。

「反正現在也拍不下去啦，小楊哥你就讓我去育幼院嘛。」小海開始耍賴。

「可是你下午還有舞蹈課要上。」

「下午的課我也不想去了，小楊哥幫我跟舞蹈老師請假啦！」

想到等等還有個會議要開，眼前又是難解的狀況，楊祺詳開始覺得胃痛了。

PM 12：30

開完專案會議，要來當作早餐的三明治還躺在包包裡，楊祺詳猶豫了一下，決定先拿起常備的胃散，和著開水服下，以減緩他越來越不舒服的胃痛。

此時，他的手機響起，看到是小佟學校來的電話，他趕忙接起。

「楊先生，能不能麻煩你過來學校一趟呢？」

「小佟發生什麼事了嗎？」

「是這樣的，小佟和同學吵架，把營養午餐的飯倒在同學頭上，對方家長很生氣，堅持要小佟的家長到學校道歉……」

「我明白了，我立刻過去。」

結束通話後，他趕緊和公司同仁交代一聲，前往學校處理。

這一折騰又過了兩個多小時，見兒子也無心繼續上課，只好幫他請了下午的假。

回家的路上，小佟說什麼就是不肯說出吵架的原因，楊祺詳很清楚自家兒子的牛皮氣，不想說的話怎麼逼問都沒用的，所以他只好暫時放棄。

這時他的手機又響起，是舞蹈老師打來的。

「小楊，你家的藝人蹺課了唷！」

楊祺詳在心中嘆了口氣，小海還是溜掉了啊——

PM 16：00

本來都開到家樓下了，但小佟說他想去育幼院找穆丞海玩，楊祺詳心想也好，放兒子一個人在家他還比較不放心。

到了育幼院，小海已經跟那邊的小朋友玩開了，小佟也很興奮地加入他們的活動，瞬間楊祺詳就這樣被晾在一旁，沒人理他。

這樣剛好有時間讓他想想還沒完成的工作。

子奇的氣不知道消了沒……何董在專案會議上突然說想砍MAX的宣傳預算，得想個辦法勸他打消念頭……還要打電話去跟史柯林導演道歉……舞蹈課重新排時間……

今天的狀況真的有點多，不禁讓他回想起剛擔任MAX經紀人的那段時光，那時也是狀況百出，他費了好一番功夫才抓準子奇和小海的個性，知道該怎麼配合兩人，做好MAX與其他人的溝通橋梁。

其實，MAX一開始的經紀人並不是他。當時，子奇這個歐陽集團的天之驕子選擇加入寰圖娛樂時，何董可是一個頭兩個大。圈裡人都知道歐陽奉不贊成獨子當藝人，雖然沒有明講會抵制簽下子奇的經紀公司，但大家都擔心萬一真的簽了歐陽子奇，會不小心得罪歐陽奉。所以當子奇帶著小海來公司「應徵」時，何董還召開了緊急會議。

當時他才剛從助理升上正式經紀人，也還沒開始帶藝人，那樣的會議是不可能找他們這種小員工進去的，只是當時沒有人敢接這個燙手山芋，於是MAX的經紀人破天荒交由最資淺的人擔任，而那也不是他，公司還有一個跟他同期，但晚他一個月進來的同事。

沒想到，一個星期後，那位同事就提出辭呈，完全不接受慰留，也不等公司回覆，當天就收拾東西走人。

之後，自己再也聯絡不到他，連想關心他發生什麼事都沒辦法。

於是，MAX經紀人的身分就落到了他身上。

他永遠記得，第一次想提出辭呈的時間，是擔任經紀人後的第三天。

那時 MAX 為了第一張專輯的歌曲進錄音室，已經連續錄了五十幾個小時，中途工作人員輪班休息，但他是唯一的經紀人，子奇和小海沒離開，他當然不敢先回家休息。而且過程中，他不是只待在旁邊看就好，必須不斷協調延長錄音室的使用時間，安撫工作人員的情緒，在連續五天沒回家後，連老婆都打手機來抱怨說工作比她重要，要跟他離婚。

他終於可以理解為什麼那個同事會離職了，因為一個星期後他也把辭呈寫好了，但就在遞出辭呈的前一刻，他聽見了 MAX 錄好的第一首曲子，他不知道該怎麼形容那時的感動，這麼動聽的旋律，完美的唱腔，絕不能只在錄音室裡被他們聽見而已！

也是那時，他下定決心要留下來，盡己所能地幫 MAX 處理好大小瑣事，讓他們可以專心發展音樂，在舞臺上發光發熱。

只是，經過了一年多的時間，他還是無法將經紀人的工作做到盡善盡美。

他看著和小朋友們玩得很開心的小海，心裡不禁慨歎。

PM 11：00

深夜，楊祺詳獨自一個人回到家中。

小佟不知怎的，任性地喊著要去小海家睡，見小海非常高興，他也只好順著他們的意。

解開領帶，才想舒舒服服洗個澡，手機卻在此時響起，是何董打來的，他連忙接起。

「小楊，看你做的好事！馬上給我到公司來，現在！」

何董的語氣非常生氣，正想問清原因時，何董已經掛了電話，再回撥則直接轉入語音信箱。

等等，不會是MAX發生什麼事了吧？他抓起汽車鑰匙，往公司駛去。

PM 11：20

心裡七上八下地進到何董的辦公室，就見何董鐵青著臉，開始數落一堆他聽不太懂的內容，好幾次他想問清原由，卻怎麼都插不上嘴。

就這樣過了三十分鐘，何董突然高舉雙手，大喊一聲：「生日快樂！」

接著，他背後的門被推開，二十幾個人唱著生日快樂歌，陸續走了進來，走在最後頭的是小佟，手裡小心翼翼地捧著一個蛋糕。

「你們……」看到這陣仗，他頓時明白是怎麼回事了。

沒想到有這麼多人記得他的生日，還特地幫他慶生……其實連他自己都沒意識到今天是他生日。

「結果，我們惡搞了一整天，小楊哥還是沒有發脾氣啊！」說話的是小海，他倚著子奇，語氣聽起來頗失望。

所以，他們兩個今天惹了這麼多事，就只是想看他生氣嗎？他不禁苦笑起來。

而且，竟然連子奇都參與其中！

他向子奇投以一個不敢置信的眼神，就見歐陽子奇聳肩回應，然後露出一抹看起來相當壞心的笑容。

或許，他並沒有完全瞭解他帶的藝人……

「生日剩下最後不到十分鐘，小楊哥快許願吧！」

他點點頭，看著辛苦忙碌一天，還是留到現在幫他慶生的大家，他想，這就是為什麼他這麼愛這間公司的原因吧！

他許下他的生日願望，希望小佟能夠快樂長大，希望MAX即將發行的專輯大賣……

最後，也希望未來的每個日子裡，大家都能夠快樂平安！

——番外〈小楊哥的一天〉完

高寶書版集團
gobooks.com.tw

輕世代 FW253
探問禁止！主唱大人祕密兼差中02

作　　者　尉遲小律
繪　　者　ひのた
編　　輯　林思妤
校　　對　林紓平
美術編輯　彭裕芳
排　　版　彭立瑋

發 行 人　朱凱蕾
出　　版　英屬維京群島商高寶國際有限公司臺灣分公司
　　　　　Global Group Holdings, Ltd.
地　　址　臺北市內湖區洲子街88號3樓
網　　址　www.gobooks.com.tw
電　　話　(02) 27992788
電　　郵　readers@gobooks.com.tw（讀者服務部）
　　　　　pr@gobooks.com.tw（公關諮詢部）
傳　　真　出版部　(02) 27990909　行銷部 (02) 27993088
郵政劃撥　19394552
戶　　名　英屬維京群島商高寶國際有限公司臺灣分公司
發　　行　希代多媒體書版股份有限公司/Printed in Taiwan
初版日期　2017年11月

國家圖書館出版品預行編目(CIP)資料

探問禁止！主唱大人祕密兼差中/尉遲小律
著.-- 初版. -- 臺北市：高寶國際, 2017.11-
冊；　公分. --

ISBN 978-986-361-463-0(第2冊：平裝)

857.7　　　　106011697

三日月書版

三日月書版

GOBOOKS
& SITAK
GROUP ©